A ÁGUA DOS AFOGADOS

3º LIVRO DA TRILOGIA
O MOTIM NA ILHA DOS SINOS

romance

PRÊMIO
OCTAVIO
DE FARIA
UBE-RIO
1998

2ª EDIÇÃO

MAFRA CARBONIERI
[Academia Paulista de Letras]

A ÁGUA DOS AFOGADOS

3º LIVRO DA TRILOGIA
O MOTIM NA ILHA DOS SINOS

romance

REFORMATÓRIO

CARBONIERI, Mafra. A água dos afogados : o motim na ilha dos sinos. São Paulo: Reformatório, 2024.

Editores
Marcelo Nocelli
Rennan Martens

Projeto e Edição gráfica
C Design Digital

Revisão
Tatiana Lopes

Capa
Obra de Pieter Bruegel

Imagens Internas
Obras de Pieter Bruegel

Dados Internacionais de Catalogação na Publicação (CIP)
Bibliotecária Juliana Farias Motta CRB7/5880

C264i Carbonieri, Mafra, 1935-

A água dos afogados : o motim na ilha dos sinos / Mafra Carbonieri . -- São Paulo: Reformatório, 2024.

260 p.: 14x21cm

ISBN: 978-85-66887-86-0

"3° Livro da trilogia"

1. Romance brasileiro. I. Título: o motim na ilha dos sinos

CDD B869.3

Índice para catálogo sistemático:
1. Romance brasileiro

As personagens deste livro são ficcionais e nada significam além de si próprias.

Edição e Distribuição
www.reformatorio.com.br

Todos os direitos reservados. Proibida a reprodução, no todo ou em parte, sem autorização prévia por escrito da editora ou autor, sejam quais forem os meios empregados.

A Sylvia

SUMÁRIO

Capítulo 15   12

O taciturno 13

Conversa de bar 16

Hospedaria Roda Viva 36

Sexagésimo DP 42

Cinco da tarde 44

Sábado 48

Cena anteposta 49

Capítulo 16   52

Retrocesso 53

Tabulador 57

Alinhamento 59

Espaçador 60

O erro 63

Domingo 73

As peças no tabuleiro 78

O cachimbo 81

Duas e meia 84

A verdade 88

Diário, 1976 90

Capítulo 17   94

Os amotinados 95

Pela noite 99

O investigador 105

O grito 106

Cinco horas 108

No açougue 111

O fio da meada 112

O esquema 114

O garoto 117

Pelas costas 120

O encontro 125

Na feira 130

Noticiário 131

Segunda-feira 134

Capítulo 18   138

O bibliotecário 139

A assinatura 143

Amarga quinta-feira 151

Monólogo 156

Vila Dalila 160

O Natal dos outros 164

O gago 171

Gravação censurada 173

Capítulo 19   176

Diário, 1976 177

Orla, 1977 183

O motim 189

A capela 196

Queimada Grande 199

Capítulo 20   206

A autoridade 207

Continente 210

Segundo escalão 213

Ajuste de contas 220

Diligência 223

Itanhaém 227

Nada importante 231

Navarro 234

A missão 243

Capítulo 21   246

Diário, 1977 247

O galpão do Orozimbo 253

*Meu Deus,
a eternidade não passa.*
SCHOPENHAUER

o motim na ilha dos sinos

capítulo 15

O TACITURNO

Foi preciso afiar o gume do enxadão. Depois Vesgo cortou o mato e juntou-o no fundo do quintal. Com piaçava e lombo, tudo se consegue, ele repetia o avô. Quando secasse, o cisco daria uma fogueira das boas, daquelas de estalar em torno do bafo sufocante, com fagulhas girando num redemoinho de fumo. Não era difícil recolher areia lavada e cimento, mesmo um pouco de cal, nas construções. Todos gostam de dividir o que não é seu. Sonolentamente, à maneira dos caiçaras, ofereceram-lhe as latas vazias, de tinta, para o transporte. Vesgo chumbou as telhas da cumeeira e aproveitou a sobra da massa numa rachadura do pilar. No portão, limpando a ferrugem das dobradiças, trocou os parafusos espanados e enfiou-os com calços de madeira. Armou um varal com os fios velhos.

Sexta-feira. Vesgo esperaria a noite para vender a maconha em São Vicente. Da ponte pênsil até a amurada do primeiro molhe, antes da escadaria e seus degraus de urina, faria os fininhos render. Nada de pagamento em chupeta. Queria dinheiro. Após o almoço de Marinalva, e um passeio pelas névoas do mato ralo, desemperrou o ferrolho e deixou o portão no prumo. Ontem, pela tarde, usara os apetrechos de pescador, de Samuel: não pescara nada e só perdera tempo na companhia duns amadores. Através da névoa, a Ilha dos Sinos era um presságio. Dois urubus, gosto e desgosto, bicavam a carniça dum pequeno cação. Os *corruptos*, despedaçados numa bacia de alumínio, simulavam uma caldeirada de camarões podres.

Sentado na varanda, agora, bebericando o café na tampa da garrafa térmica, Vesgo recordava uma conversa com Samuel. "Você já parou para pensar, caolho, que no nosso reformatório, e depois no orfanato, a maioria dos garotos tomou conhecimento do sexo pela anormalidade?" Só os judeus, ainda, para crer que a anormalidade se diferencie de seu oposto.

No entanto, era verdade. O diácono Cesarino, de cabelo curto e preto, a mão crispada num terço imaginário, a unção aparatosa, principalmente pelos óculos de lente grossa e brilhante, vinha da Gregoriana de Roma para quarenta dias e quarenta noites de férias em Santana Velha, o seu deserto para a devoção aos demônios, e passava pelo menos quarenta minutos por vez no catre com algum menino, tantos foram por ele iniciados no vício canônico, as aflições absolvidas e os pavores apaziguados, com a indulgência dos vigilantes que para idêntico usufruto contavam com o resto da madrugada. Um dia os garotos descobririam que tudo aquilo podia ser feito com uma mulher.

Samuel relembrava o seminarista. Nu, e mais leve,

afastando agora do peito o outro, um ser indefeso, desde que criado pela rejeição de seus semelhantes, o diácono Cesarino contaminava-se de inocência, lavava-se na pia do refeitório e preparava-se para o *munus* sacerdotal. "Não respeitaram a minha circuncisão", confessou o alfaiate. "Nem o sarampo".

Frágil, escasso de carnes e de higiene, o olhar sempre esquerdo e baixo, a autoridade pública não tatuara em Vesgo essa marca. Venderia a maconha em São Vicente. Queria dinheiro.

CONVERSA DE BAR

Defronte do Sexagésimo, o orvalho da madrugada resistia junto ao paredão de pedra, no trecho sombreado dos canteiros: uns brilhos que se esparramavam pela grama. O sol não prometia muito naquela manhã de sexta-feira. Tinham começado a queimar o lixo ao redor das favelas da Zona Leste e a fumaça, ganhando volume, tomava o rumo de Guarulhos, antes de acinzentar o ar sobre a ponte.

Um Volks vermelho e preto da PM estacionou com os pneus na guia. Um capitão magro, de bigode e vinco entre as sobrancelhas, saiu apressadamente do carro, direto para a calçada; não se preocupou com a porta, por causa do isqueiro que lhe ocupava uma das mãos. Logo se encaminhou para a escada, destacando-se entre os civis, enquanto procurava acender o cigarro e manter-se carrancudo.

Luciano, movendo-se no banco traseiro, desenrugou a aba do dólmã e saltou para a calçada, a tempo de ver o capitão distanciar-se no jardim, parar no primeiro degrau com o corpo meio curvado, as costas ao vento, protegendo com o quepe a chama do isqueiro. O soldado Celso Malacrida ocupava o volante do Volks.

— Celso, quer um café?

— Obrigado, cabo. Acho melhor não facilitar com o nosso capitão.

Luciano comunicou:

— Eu vou ao bar — o vapor que ele expelia pela boca, alvacento, dissipava-se ao longo do perfil duro e, de algum modo, humanizava-o. Um guardanapo de papel rodopiou no gramado. Celso Malacrida ainda não se livrara dos fantasmas da Favela da Paz. Incompetente, riu Luciano. Despreparado. Comovera-se por uma reportagem não censurada, *Morticínio na favela*. Não fosse o episódio, e ele continuaria na ronda, não estaria servindo agora ao capitão Gomes. — E não se esqueça, soldado, só Deus mata. Não temos nada com isso.

O soldado Celso não queria o cabo como inimigo. Na verdade, nem como amigo. O braço na direção, ele sorriu de volta e fez com o polegar um aceno displicente, de cabeça baixa, sem distrair-se do rádio onde os disparos da estática encobriam as vozes. Disse:

— Cabo Luciano, tudo OK.

Uma nuvem de gases negros, um ônibus da CMTC rugiu no início da rampa, circundou o trevo da Avenida Aricanduva e foi rodando para o centro da cidade, fora do alcance do soldado Celso e seu severo retrovisor.

Luciano dirigiu-se ao bar da esquina, A Gruta de Fátima, ponto de encontro de policiais e assemelhados. Num passo pesado, cogitativo, como se isso fosse preciso para uma análise eficaz do que vinha acontecendo, ele se recapitulava a frio. Longe de Marcelo, via o garoto como um manequim de loja infantil, inanimado, que não se veste, mas apenas se cobre de roupas novas, vincadas, com cheiro de tecelagem, sob a luz crua duma vitrina.

Um atrás do outro, no chão erguido sobre ferro e cimento, os carros circulavam pelo trevo. Rosalina teria acordado? Teria dormido? Certamente, hora de ir para a loja, ela estaria já no portão da rua, com olheiras e tremores, acompanhando o romper do trânsito pela Penha e o destino do fumo oleoso.

Agradava a Luciano pensar em Marcelo não como um ser vivo, de vontade lúcida e exigente, mas como um dado no teorema, uma hipótese, a vítima abstrata (isolada do crime que a excluiu como sujeito), um título de crédito com prazo de pagamento até domingo. Substituído por dinheiro, este sim um ser vivo, o garoto seria devolvido ao pai, com ou sem arranhões, isso não importava.

Não importava. Longe o menino, escondido num beco da Casa Verde, era fácil imaginá-lo como um boneco de cera, embrulhado no agasalho xadrez. Sentiria algum remorso pelo tesão concebido sem pecado com Rosalina? Parou no meio da calçada. Na minha cabeça não deve sobrar espaço para mais nada a não ser o dinheiro do resgate. Apalpou o bolso, não tinha cigarros. Se fosse necessário, por causa do dinheiro, mataria o garoto. Pelas costas? Com uma faca? Talvez um soco bastasse.

Um estrangulamento limpo. Ainda não me decidi.

Eis A Gruta de Fátima, Bar e Lanchonete, de Afonso Lopes, um português de Vila Nova do Famalicão. O dono ainda não mandara recolher os sinais da faxina da madrugada. Devia ser dia de enxaqueca. O sobrinho dele, silencioso, pardo e hippie, de gestos lentos e rituais, não trocara as botas de lavador de carro pelos mocassinos de camurça, que ele usava sem meias. Fingia-se de morto. Atendia pelo nome de Lázaro. Na soleira da porta de ferro, o mármore um tanto úmido, o balde e os esfregões induziam os civis a cautelas com a sola do sapato. Entre anúncios, marchas e gritos evangélicos, Lázaro dedicava-se a um rádio com capa de couro.

Pouca gente, os conhecidos. Luciano encostou o cotovelo no balcão e pediu o café num copo de vidro. Afonso, ciclicamente, resignava-se a uma enxaqueca escarninha. Nada, nem benzedura com respingos do Rio Jordão travava a imposição daquela dor numa das têmporas do português, depois nas duas, vagarosa e tenaz até latejar na nuca e nos ossos de toda a cabeça. Durante as crises, mais ou menos quinzenais, ele aparava o bigode e cobrava dívidas antigas, muito pálido, de memória exata e cálculo feroz. Sarava, esquecia, confundia números e fregueses. Mastigando agora um sanduíche de carne, Afonso escaldou o copo e serviu o café a Luciano.

— Com um pouco de leite, cabo?

— Nunca deixo de aceitar a cortesia da casa.

— Lázaro... — era mais um aviso do que um chamado de Afonso.

O jovem hippie, depois de ter sumido com o balde e os esfregões, reapareceu de mocassins e um anel em cada dedo. Comendo o sanduíche com afinco, a boca a ressoar um barulho salivoso, o patriota de Vila Nova do Famalicão fazia ao vivo a propaganda da lanchonete. Completou a limpeza do balcão com o pano branco e estendeu-o no estrado, debaixo da cuba. Depois, um ar de confidência, as entranhas acomodadas, o arroto contido, ele enviesou o rosto para aproximar-se de Luciano (um informante não seria mais discreto).

— O Benevides quer falar com o senhor.

O cabo experimentava com a mão firme a temperatura do copo. Afonso disse:

— Faz tempo que não vejo o Benevides nervoso.

— Não leve nenhum civil a sério — arriscou-se o PM no âmbito da casualidade.

— Lázaro... — era uma ordem para o hippie diminuir o volume do receptor, imediatamente, enquanto o português, para quem só a subserviência tornava menos arriscada a sua clientela de autoridades, olhava Luciano com cuidado e não insistia: — Cabo, alguma coisa grande.

— Sem dúvida. E daí?

— Na mesa dos fundos — passara o recado.

Sem comprometer a seriedade militar, o PM tomou

um gole quente. Afonso tirou o avental, dobrou-o e instalou-se na cabina da caixa. Lázaro preparava na chapa fumegante uns mistos para dois ou três investigadores. Calmo, demorando os dedos ao redor do copo, Luciano recolocou o café no balcão e distinguiu dali uma parte das costas de Benevides, atrás do último pilar de azulejos. Eu vou até lá com o meu café.

Não se apressava. Benevides nervoso. Alisando o botão do dólmã, Luciano afastou-se com o copo, soprou-o no caminho, levou-o para a mesa do escrivão.

— Com licença.

— Como vai, cabo?

— Tudo OK.

— Sente-se — as mãos de Benevides sobressaíam do punho manchado da camisa (já era sexta-feira); e a correia do relógio, uma suada tira de couro marrom, comprimia os pelos do pulso. — Precisamos conversar, cabo Luciano.

O PM apossou-se da cadeira diante do escrivão.

— Precisamos? — terminou o café. — Eu não preciso conversar com ninguém.

Benevides espiou pelo canto dos óculos.

— Hoje você calçou primeiro a bota esquerda?

— Minha mulher sentiu-se mal durante a noite toda.

Percebeu Benevides que o cabo era capaz de atenuar o próprio rompante. Bocejou.

— No lugar dela — valeu-se da mordacidade de quem

dispensa prazeres divididos — eu me sentiria pior.

Luciano devolveu o bocejo.

— Não tenha tanta certeza disso — a ambivalência entre machos sempre os diverte. — Mas seria essa a causa de seu nervosismo?

— Basta ser policial para estar nervoso — suspirou Benevides, a princípio imóvel, em seguida arrastando a manga do paletó de tweed por cima da mesa, entre a xícara vazia e o prato onde se agrupavam cascas de queijo e película de mortadela.

— Não me obrigue a chorar — disse Luciano. — Já lavei a cara.

O escrivão ocupou-se do velho cachimbo de espuma. Acendeu-o, uma ardência turvou-lhe os olhos, esfregou-os e tirou do lugar os óculos de aro de aço. Agora, sem as lentes amareladas, o rosto se encompridava, de repente nu, e a cor das bolsas renais se apurava num tom castanho. A pausa, um tanto longa, começou a integrar a gravidade do assunto a ser enfrentado. Já não caberiam palavras a esmo. Os cotovelos na mesa, Benevides e o militar aproximaram-se por instinto.

— Há um dinheiro em jogo, cabo Luciano.

— Sou jogador.

—Admito — a voz faltou ao escrivão. — Mas só isso não basta — recuperou-a por um pigarro sincero e farto. — Há que se escolher com muito critério os parceiros — apoiou no PM um olho congestionado.

— Sim — era uma concordância e não um compromisso.

— Estou convocando os nossos amigos mais chegados. Estabelecemos que você não podia ficar de fora.

— Obrigado a todos — Luciano fincara os cotovelos no trecho limpo da toalha xadrez. — Espero não sair perdendo na partilha.

Benevides susteve o cachimbo nos dentes. Disse:

— Devo receber esse manifesto como uma queixa? Uma crítica? Uma proposta?

— Sou um jogador.

Não os preocupou a impressão de ter a colher do café tilintado sozinha entre a xícara e o pires. Benevides nunca se aborrecia em público. Disse:

— Cabo Luciano — fechou a mão em torno do fornilho e tragou a fumaça. — Água passada é como dinheiro recolhido: não move o moinho e nem as forças vivas do país.

Criar um falso antagonismo, etapa inútil, isso não figurava nas intenções do PM.

— Não ganhei o bastante no último lance — advertiu sem acidez. — Em compensação — segregou com o hálito do café uma ironia matinal — os riscos foram repartidos com inteira justiça.

— Muitas vezes eu ponho, Ivo Rahal dispõe — gemeu o escrivão. — Amigo, são caprichosos os desígnios de Rahal e insondáveis os seus métodos. Nesta vida nem tudo acontece como queremos.

— Pelo menos para mim, não aconteceu como eu quis.

Benevides consignou:

— Sinto imensamente.

— As perdas do esforço comum nunca atingem o seu bolso — acusou o militar.

— Você não sabe da guerra a metade — Benevides riu para baixo, descrente dos homens e aturdido com a ingratidão do mundo. — Mas acabemos com isto, cabo, passado e religião não se discutem.

— E o futuro?

— Planeja-se. Portanto oremos. São quatro amigos na parada. Divide-se o rendimento bruto por quatro. Seria o bastante para você?

— Sim — era uma concordância e, agora, um começo de compromisso. — Do que se trata?

Pairava entre ambos a fumaça do cachimbo. Através dela, por um instante, o escrivão examinou o rosto daquele PM singular. Luciano, embora contendo a arrogância, não se alterou ante o perigo. Sem o menor acinte, não desviou os olhos. Escrupuloso, quase científico na escolha de cada comparsa, ninguém negava a Benevides o talento de tornar cúmplices até mesmo os opostos.

— Muito bem, cabo. Você tem estilo.

— Ponha um preço. Eu disponho.

Deslocando pesadamente as ancas, Benevides, com

a cara crescendo na parede de vidros espelhados, soergueu-se, focalizou Afonso e lembrou-o da garrafa de Malzbier, fria, ou fresca, nada de prazeres gelados pela manhã. A cadeira estalou.

— Lázaro... — sibilou Afonso com algum sintoma de enxaqueca. — A cerveja do costume.

No rádio, estridentemente, uma dupla de capiaus desfiava uma moda de viola, com estouro de boiada, faca de ponta e uma cruz na estrada. A fuligem dos motores subia com o vento a Ladeira da Penha. Lázaro trouxe a Malzbier e um copo. Abriu-a e afastou-se, arrastando os mocassinos.

— Suponho, cabo Luciano, que você não tolere esta bebida doce, preta, macia, de aroma glandular e de mulata espuma.

— Do que se trata, Benevides? — tomou a dianteira o PM. — Pela demora, desconfio que fui escalado para matar alguém.

— Por favor... — protestou frouxamente o escrivão. — Isso me enregela a cerveja. No meu setor não se mexe com sangue.

— Como não? — Luciano empurrou com os dedos uns farelos da toalha para o piso. — Você e os amigos não matam marginais estragando a pele com balas de todos os calibres?

— Que comparação... — entristecido, Benevides balançou a cabeça, sem o consolo do entendimento humano e, pior, a consistência da Malzbier era suspeita.

— A não ser pelo desperdício de balas, assassinar marginais nunca foi pecado.

— Tem sido crime.

— Mas não pecado. Insisto. Nosso negócio exige que se tenha uma rede na consciência, um filtro moral, para que ela não se sobrecarregue de culpas falsas.

— Um filtro moral.

— Eu pretendo completar o meu pensamento. Importa olhar limpidamente a face de Deus, com o peito desafogado, as pulsações serenas, sem paixões. Eu sei que não cometo os pecados de que o vulgo desconfia. A proibição do crime, na lei, não passa dum arreglo como qualquer outro. Não é por estar nas codificações humanas, tão precárias, que ela deixa de ser um acordo entre proprietários. Porém sou contra o pecado. Você é religioso, cabo Luciano?

— Não. Eu ainda não estou acumulando poderes. Sou apenas militar.

— Você quer dizer apenas um policial.

— Sim — sorriu Luciano. — Com distinção e honra.

Benevides não resistiu ao escárnio e recostou-se comodamente no respaldo, divertindo-se, atritando a cadeira sobre os ladrilhos.

— Que conversa — disse. — Tocar na honra logo pela manhã. Isso acelera a necrose da minha mortadela.

O PM absteve-se de comentário, mas não do cigarro.

Acendeu-o. De onde se achava, um ponto de observação que qualquer manual de investigações criminais recomendaria, ele divisava a rua e um movimento sutil de agentes do distrito pelas três portas de ferro da lanchonete. Eram todos da *casa*; apesar disso, olhavam de longe, nem cumprimentavam, muito menos se acercavam da mesa. Sabiam por premonição que alguma coisa estava sendo tramada, farejavam, rondavam por ali, permaneciam na calçada ou no balcão do café, à espera, pisoteando o chão por causa do frio. Tiras ouriçados.

Separado deles pelo cachimbo, ou pela Malzbier, o escrivão media-os através da fumaça, que, hesitante e suja, desfazia-se diante das lentes amareladas. Disse:

— Nossos amigos.

— Vamos logo, Benevides.

Consumiu a cerveja e usou um guardanapo de papel, com refinamento, quase sem amassá-lo contra os lábios e o estreito bigode.

— Temos um caso de extorsão mediante sequestro.

— Melhor do que violação de sepultura — assinalou o cabo. — Devo extorquir ou sequestrar?

— Nem uma coisa nem outra. Já sequestraram e estão extorquindo.

— Bandidos. Chegamos atrasados.

— Ainda não.

Um braço no tampo da mesa, negligentemente, o cabo amarrotou a toalha e pendeu a cabeça para a xícara vazia. Depois, com o cigarro entre os dedos e o dorso da outra mão sob o queixo, adiantou o rosto para ouvir do escrivão um relato in off; sem redundâncias, em branco e preto:

— O filho de um de nossos amigos foi sequestrado ontem à tarde, na saída do colégio. O garoto é filho único e tem nove anos. Ontem mesmo, às quinze para a sete da noite, o pai recebeu a primeira chamada telefônica. O DEIC não tem a gravação desse primeiro comunicado. Mas tem a do segundo, de sete e vinte da noite. Quem telefonou está pedindo em nome do bando um resgate de dois milhões de cruzeiros. Nossa interferência se resume em acompanhar, de longe, a chegada do vil metal às mãos do sequestrador, ou sequestradores, e *atravessar*, apanhar essa nota caindo de madura, se possível com o salvamento do menino.

— Certo — Luciano esticou o braço para que a cinza do cigarro despencasse no assoalho. — Nenhum telefonema de madrugada — ele assumiu um ar especulativo.

Benevides optou pelo silêncio. O PM, fixando um alvo acima da cabeça do escrivão, no pilar, demonstrou algum interesse pelo direito de ir e vir duma aranha. Perguntou:

— Acredita que teremos chance?

— Sem qualquer dúvida. Tanto acredito que aposto no resultado. São amadores.

A aranha desapareceu numa rachadura do azulejo. O militar abandonou o cigarro na borra do café e contribuiu com um dado antropológico:

— Por aqui todos os marginais são amadores, a não ser que pertençam à *casa* — Luciano calou-se depois disso e ajustou o torso ao espaldar, apenas um soldado, ainda que com distinção e honra, pronto para digerir um estratagema logístico.

Benevides revelou imparcialidade e conhecimento de causa.

— Não são policiais — garantiu. — Em princípio, os colegas não atuam sozinhos, e o grupo precisaria duns quatro milhões de cruzeiros, no mínimo, para manter viva a fé no empreendimento. São aprendizes.

Luciano acabou concedendo:

— Há sabedoria no seu raciocínio.

— A lógica dispensa a sabedoria.

Uns tiras se reuniram no balcão para ver um deles tomar chá com pimenta moída. O cabo PM disse:

— Não discuto, Benevides. Tudo no mundo de hoje dispensa a sabedoria.

— Sim. E eu não tenho nada a reclamar. Uma vez um ladrão me disse: "Só a classe dominante pode dominar com classe". Se alguma sabedoria, cabo, um pouco que fosse, se atrevesse a conviver conosco, e isso inclui as nossas vítimas, o que seria de nós?

O PM:

— Estaríamos condenados ao trabalho e aos vícios da honestidade improdutiva, com horário e chefe de seção.

— Com carnês vencidos — lamentou-se Benevides. — Um terreno complicado na periferia de São Miguel. Mutirão para uma casa clandestina. Turismo na Praia Grande.

— Rádio de pilha. Fim de semana no Aeroporto de Congonhas. Churrasco grego na Praça da Sé. Coleção de latas de cerveja. Batida de amendoim, standard, envelhecida em balde de plástico e engarrafada perto do tanque de lavar roupa.

— Sim. Sim. E para arrematar, cabo, no rush de São Paulo com um Volks 65, desses que foram soltando as calotas, os faróis e as maçanetas pelo caminho, putz, as fechaduras equipadas com engenhosos dispositivos de arame.

— Mas ainda com a pintura da fábrica — Luciano deixava fluir como persistente goteira o seu humor frio.

— Mas continuemos — alertou o escrivão. Desviou o olhar para a rua, os amigos, e retomou o assunto. — Desse sequestro eu isento as autoridades. Portanto, eliminados os profissionais, sobra a escória, os primitivistas do golpe, os autodidatas da infração, os oportunistas sem outro estatuto a não ser o Código Penal e as Normas Gerais do Regimento Penitenciário, em suma, os ingênuos da indústria doméstica do crime. O que poderemos esperar deles, cabo?

— Amadorismo.

Benevides segurou o cachimbo entre as duas mãos.

— Eu gosto de você, cabo Luciano Augusto.

— Não duvide de minha reciprocidade.

— Você não sobreviveria a essa dúvida. Sei que irá longe — corrigiu-se o escrivão.

— Só até o último posto.

Riram com lívida ferocidade. De lado a lado, durou pouco o surto de sarcasmo. Benevides livrou-se dos óculos e, com desembaraço, poliu as lentes e a armação num guardanapo de papel. Foi falando enquanto, já com os óculos de volta, testava a visão amarela nas três portas do bar. Disse:

— Na extorsão mediante sequestro, o amador, mais do que ninguém, não executa o delito sem cumplicidade. Pelo menos um fica na sombra para vigiar o sequestrado.

— Nem sempre — objetou Luciano. — Essa é apenas a regra.

— De onde partiremos para fundamentar as nossas conjecturas. Acho que são dois os sequestradores, um milhão para cada um. Não me espantaria se a esta altura o garoto já estivesse morto, não por maldade, mas por acidente. Fossem policiais os autores do delito, o menino só morreria por motivo justo.

Houve espaço para um aparte do cabo:

— Se o sequestro aconteceu ontem, não seria cedo para se admitir a morte do garoto?

— Isso não me preocupa.

— Pois devia preocupar. Se a vítima vem a morrer nas

mãos do sequestrador, temos um crime e uma neurose.

O escrivão imobilizou o rosto como para acentuar a fadiga ali acumulada. Indagou:

— Você foi aluno do delegado A. C. Noronha?

— Sim. Eu gostaria de saber quem vai participar da operação.

— Os primeiros do ranking.

— Trabalha-se com o que se tem — sorriu Luciano.

Tossindo para baixo, fingindo abstração e mágoa, Benevides mexeu os ombros sob o largo tweed e pigarreou, bem que desconfiara do tabaco. Disse com tristeza:

— Eu me encarrego de tudo — um fio de voz, rouco e catarrento, maldito tabaco, daqui por diante só aceitaria propinas na moeda corrente do país, o dólar.

O cabo PM agourava:

— Um erro na escolha dos amigos seria um risco.

— Não falharemos. Não cultive a sua neurose. — Não evitou Luciano o ar da eminência parda que, por um instante e com suavidade crotálica, sai da sombra para partilhar o comando. Benevides recuou, agora muito cansado, a não ser pelas mãos enormes em cima da mesa, amarfanhando a toalha e rasgando guardanapos, amassando-os, formando bolotas de papel que o suor encardia. A tosse já não o atormentava, pelo que ele verificou se ainda restava alguma cerveja na garrafa. Um pouco de espuma amaciou-lhe a garganta. Disse:

— A única coisa que me aborrece, no caso de estar

morto o garoto, é que os sequestradores podem abandonar o projeto, você sabe, o fenômeno do arrependimento ineficaz. A desistência deles retardaria o repasse do dinheiro.

— Ou impediria — advertiu Luciano.

— Que horror. Isso pode acontecer.

— Daí a necessidade de ter amigos qualificados. Gente com senso de dever.

— Eu assino embaixo — o bigode fino do escrivão acompanhou a curva da boca, descaindo. — Dou fé pública de que só escalei cara distinto. Vamos presumir que o menino esteja vivo — suspirou desalentadamente. — Essa hipótese me conforta e me reconcilia com a humanidade.

— No fundo você é um bom homem, Benevides.

— Não espalhe, cabo. Que fique entre nós.

— Confie. Mas antes me responda...

— Por favor — seria um gemido.

Sem se enganar, o cabo PM considerava a fadiga do escrivão um embuste, a fumaça do cachimbo do diabo que, logo ao desfazer-se, divertidamente, denunciaria no caráter daquele homem uma vitalidade secreta e vil.

— A iniciativa de telefonar para a polícia partiu do pai do garoto?

— Não. O homem se comunicou primeiro comigo. Somos velhos amigos.

— Bom — desabafou Luciano. — Então ele quer

mesmo o menino de volta. E quanto às indicações para a entrega do dinheiro?

— As circunstâncias não são incomuns — esclareceu o escrivão. — O ponto referido no telefonema é um H.O. da Rua do Triunfo, a Hospedaria Roda Viva, hoje às duas horas da tarde. O portador levará uma pasta com notas de mil e ocupará o quarto número três.

— Por que exatamente esse quarto?

— Ainda não sei ao certo. Mas a minha cabeça está funcionando.

— Você inspecionou o ponto?

— Ontem. O quarto número três seria o pior lugar de onde um sequestrador pudesse fugir. Fica de frente para a portaria, e portanto próximo à entrada do prédio, que tem o porão, o andar térreo e o pavimento superior. As escadas não estão longe, uma para o porão e outra para o andar de cima; mas se o sequestrador imagina que consegue escapar pelas escadas, é melhor suicidar-se mais comodamente na cama do quarto, ainda que de solteiro. Há cômodos isolados à direita e à esquerda do quarto número três. E ele só tem uma janela, ao fundo, para um pátio murado, sem saída.

— O que significa que o nosso amador não irá a esse buraco — falou o PM como se estivesse deduzindo. — Mas deixará uma mensagem para o passo seguinte.

— Interessante.

Luciano permitiu que a pausa demorasse.

Inexpressivamente, examinando o cachimbo como se nunca o tivesse visto, o escrivão comentou:

— Também cheguei a idêntico resultado.

— Com certeza há um telefone na portaria do H.O.

— Já está grampeado.

O cabo PM olhou as três portas do bar e resolveu acender outro cigarro.

— Outra coisa — disse. — Já descobriram de onde o sequestrador está telefonando?

— Não ainda — e Benevides mergulhou na melancolia. — Talvez não se faça essa averiguação. Há algumas diferenças entre o Brasil e a Inglaterra.

— Algumas — ecoou o PM com insolência.

— Como se isso já não bastasse — desforrou-se o escrivão — rumoreja entre ambos os países o Atlântico.

— Mas é só água... — com a baforada, masculina e cinza, liberou Luciano um pouco de seu otimismo ventral.

Abatido, não suportava conversa de bar, Benevides não camuflou um repentino desagrado.

— Hoje às duas horas — concluiu.

HOSPEDARIA RODA VIVA

Eram quase duas horas da tarde na Rua do Triunfo. Refletiu: "O doutor já deveria ter chegado". Enrolou no dedo a corrente do medalhão sobre a camiseta de malha e subiu o último degrau da escada, apoiando-se na porta fechada só com o trinco. Ocupava o seu lugar num sobrado fronteiro ao H.O., no alpendre dum falso atelier de costura, cobrindo a esquina da Rua dos Gusmões e as quatro casas até o prédio onde uma tabuleta indicava a Hospedaria Roda Viva. Duas horas e dois minutos. Começava a pensar na causa daquele atraso. De jaqueta Lee, muito descorada e com os bolsos desfiados, uns óculos de John Lennon, ele se assemelhava a esses figurantes de filme três noir, da Rua do Triunfo, sem orçamento e sem roteiro, que dispensavam a cueca, as meias e o banho, mas raramente o casaco xadrez com uns protetores de couro nos cotovelos.

Observava dali o porteiro do H.O., atarefando-se atrás do balcão, um veado negro de carapinha loura, panther, com sobrancelhas de risco e gesto estudado, universitário e caricioso. Duas e seis. Sorriu interiormente. Os rapazes do DEOPS é que teriam aconselhado o doutor Lauro a não ser pontual (uma guerra de nervos para o sequestrador).

Outros policiais disfarçados cercavam o quarteirão. O pipoqueiro da esquina era um tira (filme da Rua do Triunfo). Um casal de tiras tomara o quarto número cinco da hospedaria. Putz.

Duas e dez. Atrás do gradil e dum pinheiro, ele sentia o arquejar duma gente suja, gasta, arrastando por ali a incerteza de seu rumo. Até o momento a polícia conseguira isolar a imprensa e mantê-la distante da cena. Mas o assunto já alimentava o noticiário dos jornais e da TV, com diversos closes do jovem e fotogênico Marcelo (o garoto valia a cifra do resgate).

Gustavo Frederico Rosenbaüm não valia nada. Ainda impedido de dar entrevistas, emergindo da fronha hospitalar com o sofrimento e a surpresa da sobrevivência, ele enchia o espaço da foto com um heroísmo apalermado, descrente, mudo, apalpando as condecorações de esparadrapo e gaze.

Sem dúvida era um tira o mecânico que se agachara na lateral duma Kombi para calibrar os pneus. O doutor Lauro atravessou a Rua dos Gusmões às duas e quinze e se dirigiu ao H.O. Trazia uma capa de chuva, dobrada sobre a pasta de executivo. Leu a tabuleta, sem pressa, passou pelo portão, e de cabeça baixa alcançou a escada de pedra, olhando bem onde pisava.

Luciano fez estalar o trinco da porta, moveu-a até uma fresta por onde insinuou a mão, mas permaneceu encostado ao batente. Agora o doutor Lauro e o negro conversavam do lado de fora do balcão. Perdendo-os de vista, o PM entrou no vestíbulo do falso atelier e falou para as mulheres que espiavam do corredor:

— Estamos esperando um tiroteio.

Houve um intercâmbio de sussurros, um reluzir de esmaltes e presságios, uma tentativa de desmaio, um grito, embora o espanto não desafinasse o tinido das pulseiras e não estragasse a maquilagem. Luciano atalhou:

— Voltem para a copa.

— Minha Nossa Senhora do Bom Parto — invocou uma garotona rouca e cor de manteiga, curvada em arco (fitava o PM com paralisada inocência), alta, descalça, a minissaia cinza e pregueada, a blusa branca na mão, o sutiã grená com borboletas bordadas (só as asas transparentes) e as alças um tanto frouxas nos ombros, os cabelos entre os olhos, as axilas lisas, uma oscilação nas ancas e nas coxas, e na boca uma piteira de âmbar com o cigarro por acender. — Hoje não se tem sossego em lugar nenhum.

— Voltem logo para a copa. Não saiam de lá até eu chamar.

A garotona iniciou uma pesquisa:

— Você tem programa para depois do tiroteio?

Encaminharam-se para os fundos da casa, trocando pernas e olhares. Luciano ergueu o fone mas não ligou de imediato para o H.O. Eram duas e dezoito. Já não escutava as mulheres. Certificou-se de que não seria interrompido e discou. Percebeu que atendiam do outro lado. Não teve que esperar muito para o porteiro se manifestar:

— Pronto.

A boca muito perto do fone. Grave, e veladamente, a voz de Luciano se desprendia num sopro de ar abafado:

— Hospedaria Roda Viva?

— Isso.

— Chame o camarada do quarto número três.

— Quem quer falar?

— Apenas chame... — parecia o chiar de um gato nervoso.

O negro pareceu ter levado um tapa nas têmporas, desses de arrancar perucas e brincos; logo se recompôs e optou pelo desdém:

— Mais alguma coisa?

— Meus votos de bom caralho para o fim de semana.

— Deus te ouça — ele era agradecido e religioso, e com uma ruga na testa, concentradamente, folheava um livro sobre o poder dos cristais.

Um intervalo e a voz do doutor Lauro sobreveio na extensão, aguda e ofegante:

— Alô.

— Trouxe?

— Claro — ele tremia de raivosa impotência. — Está numa pasta preta, na cama, em cima do travesseiro. Cumpri a minha parte. Agora só me interessa saber quando terei o meu filho de volta.

— No momento os meus interesses divergem, doutor. Mas seguiremos o contrato.

— O que você quer dizer? Por favor, arrume um modo de resolver o impasse mais depressa.

— Que impasse? Quem chegou atrasado foi você.

— Eu preciso duma palavra sobre o estado de saúde de Marcelo.

— O menino está vivo. Portanto, prepare-se para as novas instruções.

— Quanta insensibilidade. Você não entende que meu filho me faz muita falta? Ele é um menino de saúde precária. Marcelo depende muito de mim.

— Troque as notas de mil por duas de quinhentos.

— Como? — enervou-se o doutor.

— Todas. Você ouviu.

— Mas eu não acredito no que ouvi. Você me obriga a substituir agora as notas de mil por notas de quinhentos? Por que tanta onda?

— Elas estão marcadas, idiota.

— Absolutamente. Eu jamais permitiria que fizessem isso. Não arriscaria a segurança de meu filho.

— As séries foram anotadas, segundo os costumes.

— Que barbaridade.

— Também acho. Você dispõe de algumas horas para trocar as notas num banco qualquer.

— Hoje é sexta-feira.

— Já?

O doutor mastigou a indignação e engoliu-a com a saliva grossa. Cedeu:

— Vou tentar.

— Dispense o auxílio da polícia. Eu telefono para a sua casa entre cinco e seis horas da tarde.

— E Marcelo?

— Ele permanece inteiro por enquanto. São quase duas e meia. Não perca tempo, doutor.

Desligou.

SEXAGÉSIMO DP

O cabo PM Luciano, depois de ter subido a escada até o pavimento do gabinete médico (desativado) e do arquivo (morto), sentiu que Corvo II o examinava por trás. Parou de repente, e voltando-se, vendo a turba de cima para baixo, as pálpebras regulando a dureza e o cálculo do olhar, encarou-o. Corvo II não se embaraçava nunca. Disse:

— Essa fantasia de hippie lhe assenta muito bem.

— E você continua preferindo esse eterno disfarce de tira.

— Sou conservador, cabo. Tem dado certo — Corvo II utilizava um sotaque de carioca; ele era capaz de todos os sotaques. Pequeno, meio torto, de salto alto e anel do zodíaco, a preferência por blusas pretas tornava-o pálido e esquivo. Acreditava no soco inglês e no mercado policial. Seu único pavor era gilete na mão de travesti. Um toque levemente ridículo na aparência, deliberado, ocultava-lhe a maldade inata.

Corvo II levava pela alça um rádio-gravador. Lado a lado, venceram os degraus para o outro patamar: era o pavimento onde se instalavam os cartórios do Sexagésimo DP. O investigador informou a Luciano:

— Eu estou na jogada do Benevides.

— Que jogada?

— Faço parte do grupo dos quatro — Corvo II quase não moveu os lábios.

— O Benevides não me disse nada.

— Você perguntou?

— Também não perguntei agora.

Enquanto seguiam pelo largo corredor, tropeçando na caterva, Corvo II esticou a antena do aparelho e esbarrou em Luciano.

— Veja, cabo. Ficou da sua altura.

CINCO DA TARDE

Acendeu um cigarro para dez minutos. A tarde de junho já incorporava o anoitecer. De longe, e com dois copos plásticos na mão, o investigador Aldo Fiori convidou-o para o café. Não secamente, Luciano fez um gesto de recusa e de distração. O tabaco de Benevides circulava pelas divisórias. Corvo II deixara o rádio em cima da mesa do escrivão e se afastara com a malta de civis. Sem ninguém ocupando as mesas e as máquinas de escrever, a sala pareceu vazia, ainda que girasse ao redor das paredes, abafado, um alarido de vozes: resto dum interrogatório, um choro, e pisadas de coturno. Pôs o cigarro no canto da mesa. Precisava usar o telefone.

No rádio, RTC, o locutor anunciava um programa com Caetano Veloso. A porta da sala recortou a passagem de dois policiais amparando uma velha com a perna engessada.

eu bebo uma Coca-Cola
ela pensa em casamento

Seria melhor e mais seguro telefonar da lanchonete do Afonso. Porém, garoava na vidraça fria. Os minutos, no cigarro, convertiam-se em cinza.

sem lenço e sem documento
nada no bolso ou nas mãos
eu quero seguir vivendo

eu vou
por que não?

Pegou displicentemente o telefone direto.

por que não?

— Alguma novidade, doutor?
— Já substituí o dinheiro.
— As notas, doutor. O dinheiro é insubstituível.
— Dane-se — protestou o empresário.

sobre a cabeça os aviões
sob os meus pés os caminhões

— Doutor?
— As cédulas de quinhentos foram escolhidas de pacotes diferentes e estão arrumadas em maços. Não esqueci os elásticos.

o monumento é de papel crepom e prata
os olhos verdes da mulata

— Muito bem, doutor Lauro Carlos. Nada como lidar com profissionais.

— Seria possível diminuir o som desse rádio?

— Não convém. Acho que nos entendemos apesar de Caetano Veloso. Dá para ouvir?

o monumento não tem porta
a entrada é uma rua antiga
estreita e torta
e no joelho uma criança sorridente
feia e morta
estende a mão

— Agora melhorou um pouco.

— Nosso encontro acontecerá amanhã, sábado, às três horas da tarde. Mal contenho a ansiedade.

— Pelo amor de Deus. Meu filho não pode resistir a um sequestro de dois dias.

— Amanhã, na Casa Verde Baixa. Venha com o carro pela Rua da Relíquia.

— Rua da Relíquia... Estou anotando.

— Isso, tome nota, doutor. Uns cem metros antes da Rua Vichy, que corta a Rua da Relíquia, estacione e saia com a pasta do dinheiro. Continue a pé e sem ser seguido por ninguém até a esquina da Rua da Relíquia com a Vichy. Fui claro?

— Foi.

no pátio interno há uma piscina
com água azul de Amaralina

— Você estará nessa esquina com o Marcelo?
— Mal contenho a ansiedade.

em suas veias corre muito pouco sangue

Corvo II acercou-se da mesa. Luciano afundou a trava do fone e simulou outra ligação, discando a esmo. O investigador, apanhando o rádio, aprumou-se nos saltos e despediu-se vagamente. A caminho da porta envidraçada, sem nenhuma pressa, silenciou o aparelho e embutiu a antena.

SÁBADO

Os policiais se dispersaram taticamente. A tarde bateu três horas. Luciano colou a testa num antigo poste de ferro e perguntou com sinceridade:

— Será que o sequestrador vem?

Capaz de reserva, mas nunca de intimidade, Corvo II não respondeu. Bastavam os rapazes da imprensa para trair ou incomodar. Um pouco de sol ia descendo as ladeiras da Casa Verde Baixa.

Nos porões, pelas cortinas entrefechadas, olhos brotavam do escuro. O doutor estava parado na esquina.

Luciano espalmou a mão no poste.

— Eu me mando para o centro. Já vi o que tinha que ver. Avise o Benevides que eu volto numa das viaturas da PM.

Corvo II disse:

— Quanta deferência, cabo.

— Sim. Está aí uma coisa que eu sempre gasto com quem não merece. — Luciano foi embora com a suspeita de ter cometido um erro.

CENA ANTEPOSTA

Lembra: "Aconteceu ..." Lembra nitidamente: "Tudo isto passou..." No entanto, putz, como passou se continua acontecendo dentro de mim e me enlouquece? (Eu pensei isso mas não pensei assim; as palavras não se armaram com tanta simetria para esse sentido; sobraram ou faltaram peças no jogo). O pensamento depende demais das palavras. É por isso que nem sempre eu sei o que penso.

Ia acontecer. Aconteceu. Está acontecendo. Eu ia matar. Matei. Estou matando. Isso está acontecendo não outra vez, mas sempre, com obsessão e atemporalidade, uma única vez que nunca se repete, mas perdura. Sou Luciano Augusto de Camargo Mendes. Eu abro o velho paletó de veludo azul, sem forro, e examino o bolso interno, como quem se certifica de que a carteira permanece intacta. É um estreito e comprido bolso de alpaca, muito macio, que Marilu pregou para mim. Meus dedos protegem a garganta e se insinuam, inofensivos, entre a camisa e o paletó, como se estivessem tateando, por exemplo, em busca da caixa dos óculos.

Minha mão retira o punhal, já com o brilho fora da bainha, e entre as costelas avança sem estorvo, um soco dilacerante (daí um rascar de tecido que se rompe), e então o calor viscoso que me salpica o polegar e o mostrador do relógio. Domingo. Dez horas e vinte minutos.

Tão pequeno (não lembrava que fosse tão pequeno) o corpo no fundo do quintal, junto ao muro, a terra enxugando a vida e o sangue. Isto ia acontecer no domingo. Aconteceu. Está acontecendo.

A aparição medonha no topo do muro. Do outro lado, na Rua Vichy, os feirantes apregoavam a sua mercadoria. Eu matei. Eu matei. Eu matei.

uma criança sorridente
feia e morta
estende a mão

o motim na ilha dos sinos
capítulo 16

RETROCESSO

Porém, no sábado, dando as costas a Corvo II, ele farejou lucidamente, ainda que com raiva, o ar da Casa Verde Baixa. Caminhando, experimentou a tensão dos músculos. Sem alterar o passo, atravessou a ladeira numa longa diagonal, contornando os degraus da calçada. Admitiu ter cometido um erro, mas quando? E de que natureza? De resto, a impressão estúpida de que Beiçola o seguia e agora o espiava pela fresta duma porta, ou atrás duma árvore.

Não se deteve no trajeto até o posto de gasolina, Shell, onde estacionara o Opala antes do almoço. Evitando pisar nas manchas de óleo, chegou ao cômodo que servia de escritório ao dono, um quarto de madeira, sem cobertura, no fundo duma borracharia. Não encontrou ninguém ali. Um banco traseiro de Kombi fazia as vezes dum sofá. Viu um compressor debaixo da mesa. O vento sibilou entre as lâminas tortas duma persiana. Um calendário na parede, com números de telefone a lápis, mostrava coxas de cinco anos atrás. Além disso, a poeira preta.

O estrado rangeu sob o peso de Luciano, que pegou as chaves no gancho e se dirigiu ao galpão. O proprietário, um italiano alto e arcado, de pulôver e sorriso culposo, manejando a mangueira da bomba, acenou-lhe de longe. Não cobrou o estacionamento. Devia ser um receptador. Rumo ao centro, Luciano conduziu o Opala para fora do galpão e do pátio, intercalando-o no tráfego.

Desviou-se para o Jardim Paulistano. Numa alameda com velhas árvores, diminuiu a marcha até parar, encostou o auto na guia, puxou um cigarro e acendeu-o entre os dentes. Uma garoa muito leve começou a despencar na rua, escurecendo o tronco e as raízes duma seringueira. O PM, circundando o Opala como quem verifica algum risco na lataria, abriu o capô do porta-malas e susteve na palma da mão, demoradamente, um pacote com folhas duplas de jornal, as abas bem dobradas. Depois, entrou no carro com o pacote e arrancou para a Rua Desembargador Mamede.

Se cometi algum erro, pensa, quem perceberia? Nervoso não como um homem, mas como uma fera, ia recordando com um empenho quase físico o quarteirão dos três palacetes acintosos: o do meio era o do doutor, ao redor deles o mesmo jardim sombrio, de plantas que se entrelaçavam. O portão do doutor estaria fechado. Não o do vizinho, à esquerda, com a família em Campos do Jordão. O muro entre essas moradias era baixo, de pedras superpostas, conjugando-se com uma sebe de hibiscos.

A. C. Noronha: "Crime perfeito não tem coautor". Se não confiara em ninguém, para não ter que matá-lo, como poderia errar? Talvez não tivesse errado. O doutor, exausto e deprimido por mais um desencontro, só chegaria da Rua da Relíquia aí pelas cinco da tarde. Os policiais, disfarçados ou não, chegariam com ele. Os cinegrafistas também. Faltavam quinze para as quatro. Como estaria a vigilância na casa? Quantos meganhas teriam sido escalados para comer sanduíches e beber cerveja lá dentro?

Garoava. Estacionando o Opala, vestiu a capa de chuva e ajeitou o capuz. Fora, apertou o pacote sob o braço. Uma algazarra de meninos se confundia — na distância — com os motores do trânsito. Observou na calçada fronteira um Volks 68, aparentemente abandonado, sem as calotas, chapa fria, motor 1.300. Só faltava o logotipo do Departamento Estadual de Investigações Criminais.

Luciano saiu direto para uma loja de flores na avenida. Com familiaridade, estendeu uma nota num balcão de vidro e apossou-se do fone. Discou.

— Marilu. Só escute e não fale comigo. Escreva o número que eu vou ditar — ele acompanhava a queda serena, quase flutuante, da garoa entre as árvores. — Quando eu me despedir — divertiu-se em espalhar no vidro suas impressões digitais — desça e use o telefone do Hirata. Isso, Marilu, esse número. Ligue para uma garota chamada Jerusa. Jerusa. Depois corte a ligação. Ciao.

A. C. Noronha: "Todavia, se o cúmplice desconhece a cumplicidade, a perfeição do crime, teoricamente, não se desfigura".

Segurou o pacote contra o peito, e contornando a quadra para não passar pela casa do doutor, a cabeça baixa, aproximou-se do palacete da esquina. Ouviu o telefone.

A. C. Noronha: "Só os tiras e os cães voltam-se na direção do telefone quando, com alacridade e surpresa, ele tilinta em algum lugar da casa".

O portão do vizinho estava só encostado. Empurrou-o e entrou, começando a andar ao lado da sebe, até o fundo, medindo o silêncio e a solidão do pátio onde as folhas secas se acumulavam. Desfez o embrulho e amassou o papel. Era a lancheira de Marcelo. Jogou-a por sobre a sebe, perdeu-a de vista, mas tinha certeza de que ela caíra perto da entrada da garagem, num canteiro de grama. O doutor não poderia deixar de vê-la.

Dentro da lancheira estava um bilhete.

TABULADOR

O doutor releu-o:

Imbecil. Você não calcula até que ponto arriscou a vida de seu filho. Tudo por causa do dinheiro que a lei e os bons costumes ajudam você a arrancar deste país miserável.

Conheço a sua influência na polícia.

Nossos telefonemas estão sendo gravados. Você tem alguma dúvida de que era isso mesmo que eu queria?

Se o nosso assunto não se resolver amanhã, às dez horas da manhã, exatamente, seu filho será esquartejado.

Estremeceu diante da lareira apagada. Entretanto, na memória, o fogo da infância muito pobre estalava entre achas de lenha, numa cozinha lúgubre, o lugar menos frio da casa durante a noite, com baratas a princípio estáticas, na parede, no chão, depois sobrevivendo pela fuga, ocultando atrás das panelas a sua sina. Releu:

Vou usar o telefone esta noite para despistar a polícia.

Prepare uma pasta de executivo, idêntica à outra, com jornais velhos dentro. Tenha por perto um de seus motoristas. Logo mais eu completo a artimanha ao telefone.

Deixou que a folha escapasse e viu-a debater-se na poltrona e no tapete, como um inseto pesado. Não fez nenhum movimento para retomá-la. Contudo, como se estivesse numa sessão de tortura, as palavras o enredavam:

Amanhã, domingo, é dia de feira na Rua Vichy.

Volte lá sozinho, às dez horas, e estacione no mesmo lugar onde você estacionou hoje.

A pé, com a pasta do dinheiro, entre à esquerda, na Rua Reims — paralela com a Vichy — e ande até a entrada dum beco. Largue a pasta na calçada, junto a uma árvore, e retorne sem olhar para trás. Você e seu filho se encontrarão na feira.

Teria dormido? Assustou-se, porém não se apressou quando ouviu o telefone chamar.

ALINHAMENTO

— Sim.

— Desculpe a minha falta de hoje à tarde, doutor. Eu tive outro compromisso.

— Sim.

— Mande um de seus operários levar o dinheiro do resgate amanhã, às dez horas, na Praça da Sé, na porta da Catedral. Um de seus operários. Está ouvindo?

— Sim.

— Faço questão de que ele encoste a pasta na porta da igreja. Quero atrair as bênçãos do Altíssimo. Eu mesmo irei em pessoa apanhar o dinheiro. Você me conhece, doutor. Não posso permitir que me veja. O Frederico melhorou?

— Sim.

— Mal contenho a alegria. Até amanhã, doutor.

ESPAÇADOR

Resolutamente, fechou a mão sobre o papelucho e avançou até o escritório. Não ligou nenhuma lâmpada. Tia Bebel, a irmã mais velha de Iara, arrancando o turbante e alguns cabelos, nem ao menos procurava abafar o choro e as premonições. A esperança a ofendia. Andando pela casa, ou afundando-se na cadeira austríaca, debatia-se às cegas com o medo e o agouro, encarnando tragicamente o egoísmo da dor, never more, e sentindo por todos um desespero que seria de bom-tom partilhar com a família.

Inútil contradizer tia Bebel com a razão ou um pouco de sensatez. Lauro lembrou-se de Iara para esquecê-la em seguida, sem paixão onde existira tanta, um sentimento póstumo de raízes secas e expostas. Alguma coisa, no escuro da sala, segredava-lhe que Marcelo estava bem, voltaria logo para casa, iriam no outro domingo ao Ibirapuera. Finalmente, Bebel se cansou de choramingar. Nenhum recado alcançou Iara no Rio. Maldita bêbada. Lauro trancou-se no escritório.

A noite, empalidecendo as frestas da veneziana, punha uns estampados no couro das poltronas e no carpete. Lambris de mogno camuflavam o cofre. Seria sugestão do bar, no canto do cômodo, com os seus rótulos faiscantes e selos caros, ou as paredes do escritório já conservavam um hálito de uísque?

O cheiro restituiu a Lauro não o corpo de Iara, mas a sua proximidade tépida, uma irradiação da pele que jamais deixara de percutir na pele dele, retesada e ávida de sofrimento, a pior das incontinências. Com olheiras noturnas (a qualquer hora do dia), dizia ter os cabelos cor da urina de Johnnie Walker, a vaca, o penteado corrigindo — amplo e desfeito — as linhas do rosto redondo. Mas como corrigir o deboche dos alcoólatras? O vestido ondulante e devasso, com panos extras, soltos, esvoaçando para anunciar a calcinha de crochê e as intimidades lisas, prosit.

Ainda que ausente, não saía daquele escritório a cadela tonta. Bastava a ela sentar-se, prosit, no vidro da mesa, nas almofadas, nas poltronas, para imprimir por ali com o seu peso mole um rastro de suor, minha égua, minha puta, minha querida, ela conseguira ser a metamorfose dum copo usado, com restos onde o gelo se derretia, prosit.

Entreabriu a portinhola do cofre para esconder o bilhete. À luz dum pequeno abajur de mesa, desalojou uns livros na estante, puxou a pasta pela alça e esvaziou-a das notas, cujos maços se esparramaram no sofá. Distribuindo blocos de papel dentro da pasta, experimentou-lhe o peso. Enfiou o dinheiro numa bolsa de couro cru.

Ao sair, fechou o escritório à chave e desceu a escada em caracol que conduzia ao fundo da garagem. Iara ainda era uma mulher muito atraente. Vagabunda. Guardou a pasta entre os bancos dianteiros do Dodge Dart. O que acontecera com o filho, ou com o doutor, ou o que vinha acontecendo com Iara, afirmava a vulnerabilidade de todos. Quanto a ele, o perigo devolvia-lhe os antigos temores da pobreza e lhe desembaçava a visão de seu orgulho inútil. Perante o dinheiro, os homens são vítimas ou tiranos, Lauro refletia. Subitamente, essa diferença desaparece.

Sentia o frio de junho e um cansaço de que não suspeitava. A essência humana, ele era obrigado a admitir, jamais se fortalecia com o faturamento das empresas. Ao acender o cigarro, viu a brasa muito próxima da unha polida, o dedo apontava contra ele, hirto e inquisidor, como se estivesse sangrando, ou pior, como se o acusasse sob uma luz simbólica e onírica. Depois duma pausa em que tudo nele se subverteu, até a consciência de si mesmo e das coisas que o oprimiam, ele se culpou sem esforço e sem irresignação, sim, repentinamente, sem nada a molestá-lo por isso, apenas como quem reconhece um fato, ele se culpava: "Eu permiti que Iara envelhecesse sozinha".

O ERRO

A princípio, só participaria da reunião com o delegado-geral e o professor Loureiro Ramos quem tivesse ouvido mais de uma vez as gravações na antessala. Desinformados e ignorantes não passavam da porta. Da entrada do amplo gabinete, Corvo II divisava o delegado-geral, lívido e com o humor do cão. "Em suas veias corre muito pouco sangue..." O investigador absorveu um choque.

Entraram no gabinete. Para espanto de Benevides, Corvo II não fizera questão de ocupar uma das poltronas. Como uma sombra na vidraça, apoiado de perfil no largo parapeito da janela, ele parecia longe dali, montando e desmontando um teorema. Precavido, o escrivão encolheu-se no canto do divã, sem encostar-se. Afinal, sabia que a sua presença naquela sala arrolava-se entre os fatos atípicos. Não poder usar o cachimbo era o transtorno que se permitia em pagamento de tanta honra. Filhos duma egrégia puta. Os policiais mais graduados abandonavam-se no estofamento.

Defronte da escrivaninha, o delegado-geral exibia a alta estatura, empertigado e cadavérico.

— Fiquem à vontade — ele determinou com sarcasmo e polidez (perdia naquela noite o encontro semanal no

Jockey Club com colegas da turma de 54). — Todos conhecem o mestre Loureiro Ramos, do Instituto de Polícia Técnica, autor do livro *Criminalidade urbana*.

— Essa obra é coletiva — advertiu o professor — e eu apenas colaborei com um dos estudos, um artigo de revista especialmente ampliado.

— Um detalhe.

— Meu livro tem proporções mais modestas, *Técnica de investigações criminais*.

— Sim. Sim. Eu li com muito proveito — mentiu um delegado sentado.

Loureiro Ramos envaideceu-se pelo delegado ter mentido. Do fundo de sua poltrona, quase irônico, fixou-o num olhar direto. Fazia frio ao redor da bandeja com o bule de café e as xícaras, na mesa de centro. Ao lado da bandeja, via-se um gravador. Corvo II, como se avaliasse o resultado dum soco na boca, mostrou um dente miúdo e apalpou com os dedos o osso do queixo.

Em pé, elegante e decididamente sem esperança, o delegado-geral fitou a janela fechada. Depois disse:

— A meu pedido, o professor Loureiro analisou as mensagens que temos com a voz do sequestrador. Isso abrange o exame da última gravação, de quinze minutos atrás — mais do que nunca um chefe, o delegado-geral parou como quem aguarda o aplauso, e prosseguiu como quem o dispensa: — As reflexões do mestre, creio, terão um efeito estimulante nas diligências. Mas antes eu devo confessar que, como já se previa, não avançamos grande coisa com a pesquisa do material apreendido no carro do doutor Lauro Carlos. O macacão utilizado pelo sequestrador, para se disfarçar, pertenceria a um mecânico de automóveis: não estava muito sujo, mas com vestígios de uso profissional recente. E daí? Como a vítima Gustavo Frederico Rosenbaüm ainda não se acha em condições de articular coerentemente o pensamento, temos apenas o mínimo: além do fato de necessitar o sequestrador dum disfarce, o homem que o envergava é um elemento de elevada estatura, fisicamente forte.

Corvo II, enfiando a mão em forma de pinça no bolso do paletó, deixou de fora o polegar opositor. O chefe continuou:

— A folha de jornal que serviu para embrulhar a vestimenta não ajudou em nada: um diário daqui de São Paulo, da semana passada, junho de 1976, não lembro o dia.

Alguém abafou a tosse no lenço. O delegado-geral, dando por terminado o relato, conseguiu aprumar-se ainda mais e voltou-se para o professor Loureiro.

— Mestre. Temos interesse em ouvi-lo.

O caráter do professor transparecia no sorriso desencantado. Era uma pena que ali ninguém tivesse lido a *Técnica de investigações criminais*. Na idade grisalha, de camisa US Top e botas de lona com ilhoses, nessa noite com um blusão de lã grossa, não o embaraçava nenhum assunto que ele devesse expor. Disse:

— Foram quatro chamadas de quinta-feira a sábado, uma por dia, sendo duas no sábado, hoje. Na maioria dos casos, nesse tipo de análise, o material que se tem para trabalhar é escasso. Um sequestrador comum impõe logo as instruções e encerra o telefonema. Nosso caso difere da regra. Estamos diante dum criminoso que não se preocupa em deixar os sinais de sua passagem. Ele gosta de falar e de agir como se estivesse a salvo de qualquer organismo repressor. Levando-se em conta que ele telefonou ainda uma vez antes da primeira gravação, qual seria o propósito desse telefonema anterior, além do mero contato com o pai do garoto?

O delegado-geral contornou a escrivaninha, parou solenemente atrás duma coleção de códigos e interpelou o professor:

— O mestre acredita que teria havido um propósito oculto? — acomodou-se na poltrona giratória sem desvirtuar os vincos da calça aflanelada.

— Pelo que se consegue deduzir do estilo desse marginal, e tendo em vista que aquela chamada ocorreu cerca de vinte minutos antes do primeiro telefonema conhecido, a minha hipótese é que o sequestrador quer que seus recados sejam gravados pela polícia.

Um clima de aborrecimento se instalou entre os policiais e preencheu a pausa. Fumar, só no vestíbulo, embora cinzeiros de estanho decorassem o gabinete. Era um acinte a ausência de pegadas no carpete e de digitais nas poltronas de couro. Benevides interpretou esses fenômenos em desfavor do perito. Achou, portanto, que devia expandir um enfado que supunha de todos:

— Uma simples hipótese.

— Eu disse que era uma hipótese. O fato de ser simples não a invalida.

— Só se invalida o que tem, como pressuposto, um valor. Eu tenho dúvida sobre o valor de sua hipótese.

— A hipótese é minha, Januário, e a dúvida é sua. A sua cooperação se reduz a isso?

O rosto de Benevides dividiu-se em regiões pálidas e coradas, evoluindo para o citrino e o roxo. Não estava acostumado a ouvir o prenome fora de casa. Um delegado tirou do bolso do paletó um código da Saraiva, molhou os dedos, folheou-o, e demonstrando ter desistido duma ideia, muito sério, devolveu o livro ao bolso. Supondo que dali brotaria uma controvérsia, talvez áspera, longa, jurídica e chata, um investigador soergueu-se do assento, acenou ansiosamente para o delegado-geral e solicitou-lhe permissão para intervir:

— Doutor, antes que esfrie... — e espalhando as xícaras na mesinha, atencioso, passou a cuidar do café.

Ponderou o delegado-geral com gravidade:

— O meu com pouco açúcar.

— Temos adoçante, doutor.

— Açúcar — estabeleceu a autoridade.

O investigador, segurando aparatosamente o pires,

serviu-lhe a bebida, inclinando-se com uma delicadeza que surpreendia num mulato musculoso, calvo, de coldre e grandes nádegas sob o paletó de veludo.

O delegado-geral, por uma questão de classe, ou de educação, aceitava com naturalidade a cortesia alheia. Uma de suas inovações no gabinete, além de combater o tabagismo e a gíria, foi aposentar uma garrafa térmica e remover para outra seção uns deploráveis copinhos de plástico, credo, introduzindo um bule de alumínio, xícaras e pires de louça, de sua casa em Bragança Paulista. Pertencendo a uma família de fazendeiros, com uma velha residência nas Perdizes, ele enxergava uma combinação química entre os adoçantes e o relaxamento de costumes. Num dos banquetes da turma de 54, não, não dará tempo, sustentara que se o livre-orgasmo vinha substituindo o livre-arbítrio, a culpa só podia ser debitada aos teóricos da sociedade industrial, esses ateus, com a cegueira de seu despudor.

O que era a democracia senão a democracia dos vícios das elites? Mas o café era antes de tudo o convívio com a tradição, com as alfaias de Bragança, mesmo quando servido por um grosseiro funcionário público e não um serviçal bem treinado.

Januário Benevides, ainda ressentido, conduzira os pés para baixo da mesinha, riscando o carpete. Recolheu-os, plantou os sapatos no piso e chupou ruidosamente o primeiro gole. Porém, moderou-se. O professor

Loureiro recusara o café. Disse:

— No caso de ser um grupo de marginais — acentuou como se não tivesse sido interrompido — apenas um falou ao telefone. Não temos sensores para garantir a precisão do que estou afirmando, mas, apesar da ligeira variação no timbre e no volume da voz, não tenho dúvida de que é o mesmo homem nos quatro telefonemas. Uma voz grave, segura, revelando no agente muito empenho, quase uma obsessão. É um tipo muito perigoso, incapaz de sensibilidade desinteressada, que pensa e se expressa em linha reta, pelo que pode agir exatamente desse modo, e sabe o que quer. Tem cultura acima da média, dispensou os escrúpulos há muito tempo e é dado a um cinismo rebuscado, produto talvez de insatisfação com a sua classe ou o seu meio.

O delegado-geral consignou:

— Eis o fermento dos delitos patrimoniais.

— Que falta faz a religião — contribuiu Januário Benevides, nostálgico, recuperando o prestígio malbaratado. — Os freios inibitórios já não funcionam como nos tempos idos.

Houve um murmúrio de autoridades apoiando, bravo, estalando com as molas das poltronas, no pigarro e no hálito do café preto, a aprovação gutural e generalizada. *Grande Benevides.*

O professor Loureiro atalhou tudo isso:

— Eu gostaria de chamar a atenção dos colegas para

um ponto no segundo telefonema gravado, na Hospedaria Roda Viva, às duas e vinte de sexta-feira. O sequestrador disse: "Que impasse? Quem chegou atrasado foi você..." É preciso investigar como o marginal ficou sabendo desse atraso, uma vez que não há registro de outra chamada para o hotel.

Num canto da janela, Corvo II admirava com um sorriso esquivo o moderno gravador em cima da mesinha. Um dos policiais se enganou quanto ao propósito do colega:

— Mais café, amigão?

Entre os delegados, só os titulares aceitaram outra xícara. Especulavam enquanto mexiam o açúcar:

— O sequestrador não estava naquela espelunca.

— Mas estava nas imediações. Ou alguém por ele.

— Você viu a última do Lair Matias?

— Um louco. Um dia de liberdade em troca de trinta ratos.

— Nada se apurou contra o porteiro.

— Sim. Uma bicha que perdeu tudo na vida, menos a primariedade.

— Então perdeu tudo. Mas nem mesmo uma passagem com nome trocado por algum DP de Osasco?

— Nenhuma.

— Incrível. Quem estaria patrocinando a sopa? O setor da vadiagem deve estar afrouxando.

— Não espalhe, maninho.

— Um dia de liberdade na prisão.

— Logo o povo da Ilha dos Sinos estará requerendo por escrito o pagamento da propina em ratos.

— Segundo o porteiro, na inquirição, alguém que se dizia da polícia o obrigou a reservar o quarto número três durante toda a tarde de sexta-feira.

— A rigor, o cômodo não foi utilizado.

— Não compartilho dessa opinião, *venia concessa*. O quarto funcionou como um elo da corrente.

— O porteiro disse que não estranhou a reserva porque de vez em quando os policiais "armam uns flagrantes no hotel".

— Eu acho que com uma prensa esse camarada cantava mais afinado. Cantava como o Caetano Veloso.

— Negativo, cara. Uns rapazes, em trânsito para a Tutoia, fizeram um bom trabalho na pele dele.

— Quer saber duma coisa? A situação não melhora enquanto o poder público não usar o napalm.

O delegado-geral obteve certa ordem:

— Atenção, meus senhores. Cuidado com as palavras. Falem como se jornalistas estivessem escutando.

Riram. O professor Loureiro continuou:

— Outro aspecto do caso que também me preocupa é a mudança que se operou no comportamento do doutor Lauro Carlos. Apesar da recomendação, que lhe foi transmitida com insistência, para reter o sequestrador ao telefone, vejam o que aconteceu no último contato:

claramente, o doutor deixou de colaborar, cingindo-se ao monossílabo. Cansaço? Crise de esperança? Fatalismo? Ou interferência de fator externo?

DOMINGO

Tendo o professor Loureiro Ramos se despedido, o delegado-geral anunciou que a reunião — sem cigarro, mas com um licor italiano em cálices de cristal — seguiria a portas fechadas com os policiais da chefia. Estes, logo em seguida, levariam aos subordinados o esquema da ação para as próximas horas. Passava da meia-noite no soturno relógio do corredor. Já era domingo.

Ao sair com Corvo II, Benevides reteve-o pelo braço na antessala, com firmeza, dando a entender que não queria acompanhar Loureiro Ramos. O professor se dirigiu ao saguão dos elevadores com um grupo de tiras cerimoniosos.

— Que sujeito insuportável.

— Quem?

— Esse professor.

— Esqueça — conciliou Corvo II. — Você tem notícia de algum professor que não seja chato? Isso faz parte da Lei de Diretrizes e Bases.

— Mas esse abusa, Corvinho. Cada vez que ele cria uma hipótese, ou inventa uma teoria, eu me sinto personagem de Agatha Christie.

Corvo II apertou o botão do painel e viu a luz acender-se no alto da porta.

— Por falar na velha senhora, Agatha, ninguém pode negar que o camarada tem massa cinzenta. Todos gostam dele na Academia de Polícia.

— Eu não sustentei o contrário.

— Preciso comer alguma coisa.

Benevides acudiu com a alternativa básica:

— Mulher ou um sanduíche?

— Um cachorro-quente com cerveja.

Tomavam a terceira garrafa, notou o escrivão que o investigador se distraía até com o colarinho do copo, quando o delegado Hugo Varela entrou na lanchonete, logo ocupando um lugar na mesa deles, sem hesitação, como se tivessem marcado um encontro. Acendeu um cigarro, pediu uma água São Lourenço.

— Vou para o DP agora — e perguntando a Benevides:
— Quer aproveitar a carona?

— Quero. Obrigado.

— Eu vou junto — resolveu Corvo II.

Hugo Varela pediu um Shelton, e homem de família, com dinheiro miúdo no bolso, reuniu um maço de notas e pagou a sua conta. Era grisalho e crespo, vestia-se com desleixo moderado e, como agente da autoridade, não pensava muito no que fazia. Perante o sangue dos outros, tinha sempre a consciência de que à noite, no apartamento da Vila Mariana, tomaria um banho quente e nada enxergaria com o vapor sobre o espelho. Deixava-se manobrar em troca de vantagens estatutárias. Se tanto, julgava-se um instrumento sem poder de veto.

Atrás do cachimbo, Benevides o contemplava com uma expressão sofrida.

— Doutor, o que ficou decidido lá em cima?

Hugo Varela olhou em torno.

— O óbvio. Concluímos que o sequestrador conta com a cumplicidade de alguém na polícia.

— Isso acontece.

Corvo II manteve-se calado. Benevides ia testando a tepidez do fornilho na mão espalmada.

— Há algum suspeito, doutor?

— Pelos menos uns trinta até a última contagem.

— Imagino — registrou o escrivão.

— Você sabe, Benevides. — Nessa hora as antipatias saem da sombra, tomam forma e identidade, os rivais se enfrentam e conferem velhas diferenças. No meu caso, o Leo, que me prejudicou na carreira, se ele não estivesse gastando na Europa a verba que fez aqui com suborno, seria o meu suspeito predileto.

Benevides fumava, e de vez em quando reparava em Corvo II.

— Sim — disse. — O doutor Leo reuniria todas as qualidades dum bom suspeito.

Hugo Varela prosseguiu:

— Também estabelecemos, sem muita discussão, que os únicos pontos de referência concretos partem do próprio sequestrador. Assim, se ele comunica que pretende receber o dinheiro do resgate e devolver o garoto às dez horas da manhã, na Catedral da Sé, estaremos por ali, ajudando a missa. Ainda se reza missa no domingo?

— Acho que não — condoeu-se Benevides. — Esses comunistas de batina só rezam missa no Primeiro de Maio.

— E se o sequestrador teme, de verdade ou não, ser reconhecido pelo doutor Lauro, exigindo que outra pessoa transporte a grana, não dispomos de nenhum dado objetivo para contestar as intenções dele.

Corvo II se interpôs:

— Isso quer dizer que a chefia não considerou a preleção do professor Loureiro Ramos?

— Não inteiramente.

— Há um dado importante — o investigador insistiu. — O doutor Lauro teria sido pressionado pelo criminoso fora do âmbito da vigilância policial. A chefia não admite isso?

— Não descartamos a eventualidade.

— Houve debate?

— Um pouco. Tanto que, durante a operação na Sé, não só a residência do doutor Lauro Carlos, mas aquela quadra toda do Jardim Paulistano, e as ruas de acesso às avenidas, ficarão na mira da equipe 8, com o Ferreira no comando.

Benevides sorriu com cautelosa malícia.

— Esse cara vai longe.

— Se o doutor Lauro sair de casa, será seguido discretamente. Se ele se encontrar com os marginais, sempre arranjaremos um meio de solucionar a parada após o resgate do menino.

Corvo II avisou:

— A viatura já subiu na calçada e na contramão, doutor.

Hugo Varela voltou-se para a porta da lanchonete.

— Tinha que ser o Crioulo Doido. Para a Zona Leste só mandam bêbados e imperitos. Se ele não fosse motorista da polícia, putz, estaria proibido de dirigir carreta de feira. Vamos indo?

Foram para a C-14, sovada, branca e preta, que arrancou com os pneus cantando. A sirena espantou uns casais para os esconderijos da noite. Sob as marquises, os rostos empalideciam. O nevoeiro manchava a hora no relógio da Estação.

AS PEÇAS NO TABULEIRO

— Crioulo Doido, por favor, estacione na bodega do Afonso.

— Caso você ainda não saiba, Corvinho, o meu nome é Antônio Cristóvão da Silveira Filho.

— E o meu é Estanislau.

— Só delegado me chama de Crioulo Doido.

— Isso me anima a destrancar a matrícula em Pouso Alegre, Cristóvão. Um dia eu me inscrevo no concurso e passo com distinção, para merecer a honra.

Bruscamente, o motorista, que era mulato de olhos verdes, estancou a C-14 na Ladeira da Penha. Despedindo-se, Corvo II saltou para a rua, erguendo quatro dedos para Benevides e dobrando o indicador. Crioulo Doido mostrava os dentes sem rir. O investigador fechou a mão já na calçada, quase sem distinguir o vulto do escrivão através do vidro empoeirado.

— Obrigado pela corrida e pela companhia.

Benevides não revelou ter percebido o recado.

— Bom descanso, Estanislau II.

Retraindo-se por causa do vento frio, na esquina, acabou por ocultar-se atrás dum poste de cimento. As luzes da Ladeira da Penha e da Avenida Celso Garcia, sob um céu compacto, fundiam-se num único brilho contínuo e opressor. Lázaro, o sobrinho hippie de Afonso, descera uma das portas e entretinha-se com duas mulheres dentro do bar. A praça, na frente da igreja, estava deserta. Ele afundou as mãos nos bolsos da calça, por baixo do paletó fechado. Atravessando a praça, circundou a igreja e o colégio das freiras pela Rua João Ribeiro, onde em carros estacionados, com os toca-fitas funcionando em surdina, os jovens sacaneavam depois das aulas. Um casal se agarrava no capô dum Volks. Corvo II recordou: "Essa fantasia de hippie lhe assenta muito bem". Antes de atingir o primeiro patamar, ele se sentira atraído por aqueles pés nas sandálias de couro cru, brancos, apoiando-se nos degraus e articulando-se a cada passo no trabalho dos músculos. Envergonhava-se da atração, mas não conseguia esquecer que, por um momento, a solidez daqueles pés integrava-se ao mármore da escadaria. Com desprezo e desconfiança, o PM Luciano encarava-o: "E você continua preferindo esse eterno disfarce de tira".

Protegeu a nuca na gola erguida do paletó e surpreendeu no chão, esticando-se, como se quisesse escapar da sola do sapato, a sua sombra ridícula. Luciano não usava sapato de salto alto. No entanto, estas palavras não estavam só no gravador da Polícia Técnica, mas cantavam também na memória do Corvinho:

no pulso esquerdo o bang-bang
em suas veias corre muito pouco sangue

De costas para o Largo do Rosário e reconhecendo no ar o cheiro acre dos plátanos da Avenida Nossa Senhora da Penha, ele riu. O horário se ajustava. Igualmente a voz de novela de rádio. Agora dependia dele, Corvinho, destruir Luciano. Caminhou de volta para a praça. De olhos fechados, crescera uns vinte centímetros. Pensar que o acaso fazia de Caetano Veloso uma involuntária testemunha de acusação. Sem dúvida, o infame e soberbo cabo Luciano Augusto era o homem que vinha ajudando o sequestrador, dentro da polícia, putz, traindo o grupo dos quatro. Tudo se encaixava: o estilo era dele. Também alguma coisa de reticente no comportamento de Luciano nas diligências agora se explicava. Corvo II ria e torcia as mãos. Não se podia discutir a lucidez do professor Loureiro Ramos: ninguém como ele para apreender o retrato psicológico de quem deixasse rastro.

E se tudo não passasse duma coincidência perversa, diabólica? Porém, com o vento da Penha a alarmar os ruídos que a madrugada escondia, a questão se colocou de modo mais sutil: de que lado ficar — com Benevides ou Luciano?

Corvo II arrastou a dúvida até a porta do bar de Afonso, a Gruta, onde a luz amarelada, vinda dos fundos, parava na soleira. Nesse degrau, o sapato preto, que ele enxergou pequeno e polido, mais uma vez diferenciou-o do homem que sabia usar sandálias de couro cru. Neutralizou o sorriso e decidiu-se.

O CACHIMBO

As lentes cor de nicotina, e por detrás os olhos espiando tristemente, Benevides o esperava com a mão e o cachimbo na mesa vazia.

— Confesse, Corvinho. Você é o sequestrador?

— Não.

— Cheguei muito perto da esperança e do orgulho paternal.

Em silêncio, o investigador sentou-se na borda duma cadeira. Depois, como quem se vinga sem prejuízo da sobriedade, dedicou-se ao mero relato, desapaixonado e breve. Benevides escutou sem fumar. Mesmo após Corvo II ter concluído, não se apressou, permaneceu calado; nada o abalava, a não ser a censura ao cachimbo.

— Interessante — ele retomou a velha intimidade com o tabaco. — O que o teria impedido, meu filho, de abrir o jogo um pouco antes? Noto que você hesitou em me confiar tudo isso e só se resolveu depois dum trabalhoso exame de consciência. Talvez eu devesse dizer exame de conveniências.

— Sim. Eu me entreguei honestamente a um cálculo de probabilidades. Admito que estava em dúvida sobre quem escolher para meu parceiro: você ou o cabo Luciano.

— Ingrato. Mas pelo que vejo, a dúvida já está superada.

— Está.

— Posso saber por que você me preferiu ao garboso milico?

— Pode. Eu quero a metade do lucro. Deduzidas as despesas, eu pretendo dividir com você, por igual, o que a operação render.

— Francamente ...

— Se eu manifestasse tais intenções ao PM Luciano, ele me acertaria um tiro na testa.

— A propósito, você me empresta o seu revólver, Corvinho?

— Metade do lucro.

— Corvinho, meu filho, procure não se esquecer de que eram quatro amigos e apenas um deles traiu. Restaram três. Temos que dividir o lucro por três.

— Por dois.

— Mas o que é isso, rapaz?

— Escute. Um fator novo interferiu no caso, sem a participação desse terceiro, pelo que nada mais correto que ele receba o que foi combinado antes, entrando a cifra no título das despesas. Racharemos a sobra, Benevides.

— É o cúmulo.

Corvo II fitou-o sem nada acrescentar. Estava bem claro que terminara de dizer o que queria. Proposta que dependesse de muita justificativa não merecia consideração. Benevides compreendeu logo.

— É intolerável ser traído duas vezes no mesmo dia — desabafou. — Que horas são?

— Uma e quinze.

Vasculhando os bolsos do casaco em busca duma agenda, o escrivão achou-a e destacou uma folha em branco, nela rabiscando dois apelidos e vários números de telefone. Passou-a ao investigador.

— Use o telefone do Afonso quando eu for embora. Precisamos conversar com esses amigos às três da manhã.

Corvo II comentou:

— São da pesada.

— Estou cansado. Vou até o cartório dormir um pouco. Quanta decepção ainda terei que suportar? Corvinho, meu filho, me acorde às duas e meia e não permita que nada no plantão perturbe o meu sono.

— Duas e meia.

— Sim. Então poderemos planejar.

— Muito bem.

Levantou-se com dificuldade. Mas, a caminho da porta, agitou resolutamente as abas do casaco. Bateu o cachimbo na palma esquerda. Encheu-o.

DUAS E MEIA

Com cuidado, Corvo II abriu a porta do cartório, e guiando-se pela remota luminosidade que vinha da rua, do viaduto, através das persianas, deu a volta pelo balcão para chegar ao gabinete. Ali, do outro lado das estantes de aço, a penumbra se adensava e era mais forte o odor do tabaco. O investigador chamou em voz baixa:

— Benevides.

— Estou acordado.

— São duas e meia.

— Sim — ele gemeu. — Eu sei.

Corvo II, tateando pelo respaldo duma cadeira, puxou-a para perto de si, porém não se resolvia a sentar-se. O escrivão suspirava ao pôr os grandes pés para fora da cama retrátil, movimentando ruidosamente as molas.

— Acomode-se, Estanislau. Considere tudo isto como o seu lar.

— Obrigado. Conseguiu recuperar o esqueleto?

— Não apenas isso. Além de dormir como um gordo prior depois da feijoada, ainda consegui desativar as travas de segurança de meu cérebro e manter a minha vontade em ponto morto, um desligamento essencial, para que as ideias fluíssem da inteligência e não dos preconceitos.

— Faltam-me interjeições — disse Corvo II. — Bico de Pato. Mangalô. N vezes.

— Não blasfeme, Corvinho. Tudo já está solucionado nesta cabeça privilegiada.

Só então o investigador se aboletou na cadeira, como um autêntico tira, de frente para o espaldar. Benevides se animava:

— Eu até me sinto recompensado pelas emboscadas com que a vida me assinalou. Aos justos só resta o sono. Mas a mim, que não sou idiota, o sono me reserva descobrimento e acuidade.

Corvo II não estava disposto a entender além do necessário. Apalpou no bolso o soco inglês. Disse:

— A casa do cabo Luciano figura no mapa de minha campana.

— Eis um erro — Benevides ligou o quebra-luz. — Se o sequestrador é mesmo o cabo Luciano...

— Nem disso você tem certeza?

— Meu filho, a verdade e a certeza não são bens duráveis, e só nisso elas se parecem. Sob qualquer aspecto, a história prova que a falsidade resiste mais. Por favor, não me atrapalhe com as suas ilusões. Eu ia dizer que, se é Luciano, ele agiu e continua agindo sozinho. Conheço o cabo PM Luciano Augusto o suficiente para compreender que, se ele não aceitou a nossa cumplicidade, não aceitará a de outros bandidos. Não se ofenda, meu querido

Corvinho. É tarde para vigiar a casa do cabo Luciano.

Corvo II irritou-se em silêncio. Benevides, e isto ele confessava com complacência, era dado a arrotos anais. Talvez a fusão noturna desse cheiro com o do tabaco, em recinto fechado, o distraísse das tensões do dia. O gabinete não passava dum cubículo com as paredes quase tomadas por pilhas de inquéritos. Corvo II começava a suar. No entanto, tudo bem, sempre ganhara dinheiro com aquele suor.

O escrivão permanecia sentado na cama.

— Vamos preparar a vigilância ao redor do palacete do doutor Lauro Carlos.

— Hum — o investigador demonstrou mais surpresa do que ceticismo. — O Ferreira e a equipe 8 farão isso contra os nossos interesses.

— Por que contra? Para que servem os amigos que convoquei para logo mais? Você não telefonou?

Um gesto substantivo e amável, Corvo II exibiu o soco inglês. O investigador e o escrivão tinham provocado, juntos, um âmbito de calor na noite fria, um abafamento que apenas toleravam, mutuamente, até a partilha do que rendesse o esforço comum.

A poeira cobria a lâmpada. O foco destacava um lado da face de Benevides, a metade da testa, um dos ombros e o nó frouxo da gravata, ficando o restante na sombra: um velho diabo recém-chegado do inferno, emergindo dum fosso que a luz cavara na obscuridade suja. Ele estava sem os óculos e, para dormir, não tirara o casaco. Sob o efeito da pálida iluminação, no meio-rosto onde cintilava um olho parado, as manchas alongavam uma cor de manga podre. Corvo II considerou intimamente que abrir a janela seria revelar fraqueza.

Benevides, sem a mínima ameaça, colocou um sorriso entre ambos.

— Eu leio os seus pensamentos.

— Impossível — replicou o investigador. — Eu nunca escrevo os meus pensamentos.

— Um caso de analfabetismo mental?

Corvo II calou-se.

A VERDADE

O delegado-geral desatava o nó do roupão. Junto a um vaso com flores secas, no criado-mudo, o telefone tocou. Sentando-se entre o pijama e o travesseiro, esticou o braço e percebeu no ar o percurso do desodorante. A luz do quarto era a da TV.

— Alô.

— Fala o Ismael, doutor. Hospital Santa Cruz.

— Pois não, Ismael.

— Ainda falta um dos médicos para assinar a alta, mas assim mesmo o motorista acaba de prestar um depoimento. O Fabiano está reduzindo o conteúdo a termo.

— Alguma novidade?

— Talvez não. O sequestrador seria um mecânico de automóveis, um bêbado, sujo e desempregado. Ele chegou a referir com ódio a sua repulsa aos patrões. Parece ser um homem escuro, gordo, calvo e forte, não muito alto. Ainda segundo a vítima, Rosenbaüm, ele queria invadir o palacete para roubar e estuprar, depois de ter visto no jardim uma jovem arrumadeira, Jerusa. O motorista, então, em defesa da honra e da propriedade, não fugiu ao confronto, e ainda que desarmado, lutou contra o bandido, tenazmente, tendo por escudo a coragem e a fidelidade ao dever. Impediu que o ladrão se apossasse dum Mercedes-Benz da família. Contudo, acabou por sucumbir ante as coronhadas de dois revólveres. Durante o desforço, o mecânico fez uma pregação comunista. Foi horrível.

— Hum.

— Em síntese, doutor.

— Rosenbaüm não sabe do sequestro?

— Teve uma crise nervosa quando foi informado. Os médicos interromperam o depoimento.

— Avise o Loureiro Ramos imediatamente. Libere as declarações para a imprensa às dez da manhã.

DIÁRIO, 1976

Junho, 25. Com alguma afetação, e de modo a que eu não perca uma palavra, Portuga diz ao operário letrado:

"Independentemente do regime, seja militar ou não, existe sempre a *organização parapolicial*: dum lado com os alcaguetas e assemelhados, e de outro com os coletores do pedágio. Dessa raça derivam os heróis do Esquadrão da Morte e os paramilitares. Agem todos em nome de sua democracia peculiar e elegem os seus senadores."

O operário letrado veio devolver o Dostoievski que eu recomendei a Luís Guilherme. A história contemporânea provoca em Portuga uma náusea dialética.

Junho, 26. De madrugada levaram o operário letrado numa lancha da Guarda Costeira. O ruído do motor foi sumindo aos poucos.

Junho, 27. Estão contentes, quase todos, pensavam ter descido o derradeiro degrau, mas não, hoje carregam um punhado de ratos e sustentam no olhar o escárnio, em torno, atingindo quem ouse envergonhar-se. A ilha recebe um sol de inverno, faz calor, e na longa fila, apesar da morrinha dos roedores, nada inibe uma risada. Como a senha é pessoal, desta vez os xerifes não puderam incumbir do serviço sujo os seus capachos. De sandálias, de camiseta e o calção azul do uniforme, as mãos ocupadas os igualam.

O ar, muito fino, deixa-se contaminar por um odor de caverna que a fila concentra. Volto para a escrivaninha. Através da janela gradeada, vê-se a torre do pátio. Posso ler nos lábios do capitão:

"Vamos acabar com isto em agosto."

Portuga conversa com Elpídio. Isso me surpreende.

Junho, 28. Eu me distraio anotando que os ladrões se decepcionam caso não sejam torturados. Quando presos, principalmente em flagrante, eles só reconhecem a autoridade pelo soco e pelo pontapé. Os estupradores são os primeiros a cair de joelhos. Os falsários juram pela Bíblia. Entretanto, podendo manter-se em pé, ninguém ostenta melhor do que os bêbados o orgulho abalado.

Que interesses comuns aproximariam um terrorista dum homicida passional? Eles estão juntos na fila, Portuga e Elpídio Tedesco.

Junho, 29. Circulou a notícia de que um preso do pavilhão quatro conseguiu tatuar o número de sua matrícula carcerária numa ratazana. Deve ser verdade. Mas não foi obra do Diabo-Loiro.

Na Índia os ratos são deuses. Quem não é Deus na Índia? No Rajastão, no templo de Deshnok, os iniciados participam da oferenda de água, leite e doces aos ratos sagrados. Passeando pelas antigas lajes, perfeita a comunhão com os fiéis, os roedores são reencarnações da deusa Karni Mata. Os crentes bebem na palma da mão o leite e a água tocada pelos mamíferos. Sem imponência, ou qualquer sombra de vaidade, os sacerdotes do templo se mostram como reencarnações de ratos mortos.

Estou preocupado com o bom e estúpido Tedesco. Por isso, abro o *Correio Paulistano* de quarta-feira, 2 de janeiro de 1901, e me informo sobre idêntico episódio da campanha contra os ratos. O jornal relembra pestes famosas. Então, cada rato vale quatrocentos réis. Estampa-se a casa onde os roedores são incinerados, estreita, baixa, de tijolos, com telhas francesas e alta chaminé de zinco. Os sanitaristas combatem o *mal indiano*, está escrito na primeira página.

o motim na ilha dos sinos

capítulo 17

OS AMOTINADOS

Havia ladrões de ratos e brigas por causa disso. A última disputa exigiu um reforço da guarda no pavilhão três. Durante o almoço com Schopenhauer, na cela, Munhoz Ortega lembrou que esses conflitos de propriedade acabaram gerando na penitenciária os *danificadores* de ratos, e o capitão Lair Matias recusava animais esquartejados. Agitando os ombros, quase rindo, Schopenhauer saiu para lavar a sua marmita e a de Munhoz Ortega — na torneira do muro onde cresciam heras. O bibliotecário apanhara trinta roedores e dividira a carga em duas camisetas velhas: estavam debaixo do catre. Ele não só enxugou, mas poliu as marmitas num pano e estendeu-o na grade. Ia entrar na fila.

Ortega atirou-se febrilmente aos esboços. O céu da tarde acendia a janela. Schopenhauer, pegando as camisetas, ganhou o corredor. O caderno retratava os prisioneiros em fila: em cada página avultava um rosto: o lápis de Ortega feria a folha e a pele: em cada traço se expandia o motim da consciência molestada, enviesando bocas e fixando nos olhos daquela triste humanidade um fulgor seco. Adivinhava-se em cada semblante a injúria da liberdade negociada com torpeza. Eram condenados que, desfilando no caderno de esboços dum pintor, ou no pátio duma penitenciária, matariam pela posse dum rato. Schopenhauer encerrou a fila.

Nenhum dos encarcerados o incomodou, tanto melhor, quem despreza não lincha, ele manteve a cabeça baixa e as camisetas junto às pernas. Elpídio Tedesco o protegia: isso não era segredo na ilha: nem os ratos o perturbavam. Mesmo assim, Schopenhauer simulava uns assomos de idiota, olhando vagamente o grupo e sem se atrever a encarar ninguém.

A zombaria da multidão sempre depende dum motivo, ele anotava mentalmente para o Diário; mas o sarcasmo duma corja de presidiários contra um deles, dispensando a lógica, só podia derivar das intimidades obscuras que tendem ao justiçamento, e ele sentiu o medo. Um velho muito pálido, descalço, de varizes negras e unhas que semelhavam cascos, a testa saliente e estreita, escarrou com êxito e a cusparada estalou no chão.

Ninguém desvalorizava tanto a liberdade a ponto de experimentá-la só depois do almoço. Porém, obtida a senha, Schopenhauer deu a entender aos agentes penitenciários que se interessava pela licença imediata. Que ideia é essa, meu rapaz? O encarregado, supondo que o bibliotecário teria a obrigação de ser um pouco surdo, era tartamudo em mímica e luterano em economia. Não fazemos abatimento, esclareceu com gestos corteses.

Retornaria na hora exata, Schopenhauer indicou o relógio de parede. Não lamentava o tempo perdido, balançou o ombro. Sozinho e sem pressa, de sandálias, o calção azul e uma blusa folgada, ele passou pelo portão. Entrou no mar para lavar-se vigorosamente.

No meio da fumaça, os guardas espantavam os urubus com galhos de pinheiro: mas, conforme o rumo do vento, as aves conseguiam invadir a cova da incineração, descomunal e nauseante, e arrastar despojos para a areia úmida. O mar parecia conter-se à distância.

Schopenhauer enveredou pelas pedras e percorreu um caminho de conchas trituradas, pisando com cuidado, até alcançar o morro. Dali, pelo mato, chegaria ao cemitério, sempre deserto e abandonado: os prisioneiros evitavam aproximar-se dos ilhados que — na morte — nada conservavam a não ser um número de registro.

De toda a ilha, era aquele o lugar mais alto.

Três gaivotas partiram para o oceano. Já na estrada, Schopenhauer parou diante da capela para traduzir o movimento da folhagem avermelhada e ocre. O ar mudara de direção, partilhando pela ilha os odores do sistema carcerário. Schopenhauer penetrou na sombra duma amendoeira muito velha e encostou o rosto no tronco. Depois, segurando-se num galho, alçou com agilidade o corpo e subiu até a forquilha mais elevada. Estava a uns doze metros do solo, calculou.

Se a fumaça não o impedia de distinguir a orla do continente, onde se esparramavam águas de brilho metálico, e reconhecer Suarão, Itanhaém e Peruíbe, descobriria

Portuga e Tedesco, e o que maquinavam. Viu presidiários nus e bêbados, divertindo-se infantilmente na enseada. Outros, protegidos do vento pelo penedo, cercavam uma churrasqueira de ferro. Ao longo da praia, sentinelas postavam-se no limite dum tiro de fuzil.

A orla da enseada, por onde o Atlântico repartia a espuma, estendia-se numa curva ampla e nítida: enxergava-se toda a costa, do trapiche até as pedras do promontório. De repente, surgiu o Portuga no meio do areal: não vinha de longe: só poderia ter saído daquele trecho mais denso da floresta. Schopenhauer desceu da amendoeira, e internando-se no mato, com a segura intuição de quem varejara as montanhas verdes do Peabiru, não teve tempo de hesitar. Com um toco de vela e um trapo, placidamente, Elpídio limpava um serrote.

"Quem diria, Lourenço, você me espionando", enfiou o instrumento num saco de estopa. "Não posso apodrecer nesta ilha", amarrou o embrulho de pano e ocultou-o sob folhas e ramos secos. "Você tem sabedoria, Lourenço, e portanto nunca apodrece", abraçou-o com comovida benevolência. "Mas eu preciso de futebol e cerveja". Andaram até achar a trilha da praia. "Você gosta de livros, e eu de espiritismo e tômbola. Além disso, amigão, eu quero uma xota. Por Deus, uma xota de verdade. O Martarrocha não sara da disenteria".

Estavam no areal da enseada e Tedesco encarou o oceano. Disse: "Vou fugir, Lourenço".

PELA NOITE

Depois, mais ostensivo na liderança, já de óculos e cachimbo, Benevides começou por manejar o basculante atrás duma pequena cortina, carregada de poeira, dividindo com o amigo o conforto dum ar menos viciado. Corvo II demonstrou que a diferença não o afetava. Porém, com a aragem, a fumaça acompanhou o trajeto da luz. O escrivão tornou ao assunto:

— Digamos que seja o cabo Luciano. Então, ele se utilizou no mínimo de dois canais de contato: os telefonemas para ludibriar a polícia e, por baixo do pano, uns bilhetes para manter a vítima sob ameaça. É muito grave a situação que o doutor tem para enfrentar esta manhã. Serão dois os compromissos para as dez horas: participar, ainda que à distância, do ato de despistamento na Catedral da Sé, e encontrar-se com o sequestrador num local já combinado. O doutor Lauro Carlos sabe que o seu palacete se acha sob vigilância constante, e que será seguido, se sair. Pobre amigo. As únicas compensações morais do dinheiro são os juros e os rendimentos. Mas, Corvinho, como usufruir o sistema financeiro quando o destino se faz padrasto? Seria necessário estar na pele do doutor para compreender o seu drama. Com licença, meu filho, permita-me sofrer.

Corvo II aproveitou a penumbra para sorrir.

Disse:

— Isso não é difícil para quem lê pensamentos.

— Por que você ri, Corvinho?

— É que me toca ver você gemendo e chorando, ou tão próximo dessas excreções.

— E ainda apregoam aos quatro cantos que nós, os policiais, não temos entranhas nem reserva de amargura ou de generosidade — queixou-se o escrivão. — Por exemplo, quem suspeitaria num homem como você a existência de algum ponto sensível fora da carteira e do talão de cheques?

— Faltam quinze minutos para as três. Os rapazes do DEIC me disseram ontem que o delegado-geral tem comandado pessoalmente o café das cinco.

— Nunca duvidei da dedicação dele ao café. Escute só, Corvinho, o que vai acontecer — Benevides entregava-se placidamente ao cachimbo, percebendo o efeito purificador do vento, mesmo aquele, íntimo do Tietê e seus esgotos. — Mais ou menos às nove da manhã, o doutor Lauro Carlos surge no alpendre da casa, bem à vista da equipe 8, de pijama, de cachecol, de meias, de chinelos. Ele quer que a polícia o veja como um homem arrasado pela adversidade. Desse modo, com os olhos turvos e o gesto doentio, ele acompanha o motorista até a porta da garagem, tonto, tropeça num granito qualquer da propriedade privada, observa a retirada do Dodge

Dart, e já na rua, acariciando o suor das têmporas com um lenço, acena para o motorista. Este transporta uma pasta de papéis picados para a Praça da Sé.

O investigador ia ouvindo sem se impacientar.

— Em seguida, Corvinho, amparando-se junto a um arabesco do gradil, depois contra o muro, no corrimão e nas costas gordas de alguma negra, o doutor hesita diante da porta de ferro, envidraçada, mas entra e fecha-a à chave, passando a se mover fora do campo visual dos policiais. E logo se modifica. Veste um agasalho de malha, um trainning, desses de desfilar no Ibirapuera; meiões, tênis, Ray-ban, chiclete para aliviar os pavores existenciais, e o que interessa: uma bolsa a tiracolo estufadinha de grana.

Arrepiando-se com sinceridade, Corvo II indagou:

— Faz tempo que você conhece o doutor?

— Somos amigos.

— Nunca pensou em sequestrar o menino?

— Não — disse Benevides. — Eu conheço a casa dele, o quarteirão e aquelas árvores do bairro, umas tipuanas bem velhas, plantadas nos dois lados da calçada e cujas copas se cruzam, permitindo até com alguma facilidade o trânsito de quem queira mudar de rua, pelo alto, às escondidas.

— Sim. Sim.

— Você não calcula, Estanislau II, com que alegria eu vejo o doutor Lauro Carlos caminhando elasticamente para o fundo do quintal, um homem forte, esportivo, um empresário sóbrio, e portanto sonegador, fazendo calar o mulherio da casa e penetrando no jardim do vizinho através duma sebe.

— Eu participo de seu entusiasmo, Benevides.

— Naturalmente, meu filho. O vizinho é um juiz de direito aposentado por invalidez, gago, de olhar esbugalhado e bengala trêmula, de tarda percepção, entendendo tudo pela metade e sempre fora do prazo, mas solidário com o doutor e que não lhe negará passagem ao pátio onde estão a piscina e a quadra de basquete. O doutor Lauro Carlos, encostando uma escada no muro, alcança a copa duma tipuana.

Corvo II mexeu-se na cadeira.

— Em investigação criminal tudo pode ser induzido, deduzido ou inventado.

— Seria preciso dizer mais, Corvinho? O quarteirão a ser vigiado é o de baixo. Do quarteirão de cima sairá o nosso amigo dirigindo um carro pequeno, às nove e meia da manhã, com o toca-fitas funcionando no máximo.

— Estou admirado — sensibilizou-se o investigador.

— Tudo isso faz sentido — ele se impôs uma pausa reverencial antes de perguntar: — Quer que eu fique para a conversa com a turma?

— Não. Acho bom você dormir.

— Obrigado. Pensar neles já me embrulha o estômago e os órgãos afins.

— Que é isso? — Benevides reprovava-o maciamente. — Não despreze nossos companheiros de ofício.

— Desses até eu tenho nojo.

— Só porque são mais baratos.

— São perigosos.

— Mas não são eternos — emocionou-se Benevides.

Ainda sentado, sem conseguir desviar os olhos do semblante de Benevides entre a luz e a sombra, atrás da mesa e estranhamente atrás da luz, surpreso por não recobrar na memória, apesar do esforço nesse sentido, a forma cotidiana daquele rosto onde agora a sombra se refugiara, Corvo II disse:

— Vou preparar o meu belo Volks-TL e depois cair no sono — ergueu-se e endireitou a cadeira.

— Mais uma coisa — alertou Benevides. — Enquanto você corre atrás do doutor e descobre o lugar do encontro, eu permaneço aqui mesmo no cartório, tendo por companhia apenas o telefone direto. Só após a sua chamada eu me desloco e aciono a tropa.

O investigador concordou secamente:

— Muito bem — ele não sabia o que o preocupava. Apalpou no bolso o soco inglês e encarou Benevides:

— Se no lugar não tiver telefone, ou se surgir algum contratempo, eu uso o rádio com o nosso código.

— Acho que não será preciso.

Estavam parados.

— É a primeira vez que aceito um chefe nesse tipo

de negócio — falou Corvo II.

O escrivão aproximou da lâmpada o rosto abatido.

— Que sorte você tem — disse. — Eu sempre quis um chefe.

Riram.

— Muito bem — recuperou-se Corvo II.

— Vá dormir. Boa noite.

O investigador demorava-se ali. Confessou:

— Benevides, entre você e o cabo Luciano, eu fiz a escolha mais acertada. Boa noite.

O sorriso de Benevides manteve-se na orla da luz. "Que imbecil. Eu tenho uma dúvida, Corvinho. Entre você e o cabo Luciano, eu ainda não me decidi. Não sei a quem escolher como sócio, Corvinho. Nem sei se terei um sócio. Disponho de algumas horas para meditar..."

O INVESTIGADOR

Preferir Luciano a Benevides seria planejar o suicídio, pensou e sacudiu a cabeça. Ia esbarrar na mesa de aço, deteve-se antes disso e segurou a capa de plástico que cobria uma descalibrada e antiga Olivetti. Estava em toda parte o cheiro de tabaco. Uma claridade escarninha fluía das persianas. A intuição de investigador, que nele era uma segunda natureza, neurótica e tenaz, agora servia para desnorteá-lo. Acostumado ao jogo sujo, cultivava o senso do risco, vigiando atentamente o perigo, como a um gás cujo cheiro só se sente no instante da morte. Fizera a escolha correta. Mas de onde vinha o gás?

No vidro da porta, fosco, aglomeravam-se brilhos duma luz escassa e pálida. Havia um problema. A situação se assemelhava a essas diligências em que não se previa de que lado o perseguido ia sair. "Atirar para todos os lados", gritara uma vez o delegado Leo, "menos pela culatra". Corvo II, inconscientemente, ia reconhecendo os ruídos do plantão. Só a grana tinha sentido. E com ela no bolso, putz, qualquer pensamento era metafísica para cornos.

Transpondo o saguão, o investigador rumou para a escada. Acompanhava-o o cheiro do tabaco.

O GRITO

Marcelo estremeceu entre as cobertas e gritou, sem acordar. De longe, um caminhão rompeu a madrugada. Luciano esfacelou o cigarro no cinzeiro. Mais algumas horas e os feirantes armariam as tendas na Rua Vichy. Apenas um domingo de junho. Tanto trabalho por dois milhões de cruzeiros. O PM levantou-se da cadeira e desabotoou distraidamente o paletó de veludo azul, muito usado, meio descorado e com as casas dos botões um tanto puídas, mas guardando ainda no formato a elegância do dono.

Como quem elabora um informe neutro, ele disse a si mesmo: "Estou quase rico". Gostava daquele paletó sem forro, que lhe dava uma aparência de caçador. Tudo estaria acabado às dez horas da manhã. Marilu pregara por dentro do velho paletó de veludo azul um bolso comprido e estreito, de alpaca, onde Luciano escondia um punhal de estimação, de empunhadura lavrada — de prata — e bainha de couro.

Mexendo bruscamente com a perna, como se atacasse as cobertas, Marcelo descobriu-se e chamou o pai. Depois, na quietude, um motor de Volks parou de funcionar muito perto do sobrado. Luciano retraiu-se, à escuta. Silenciosamente, trancou a porta da escada, desceu para a oficina, espiou o beco através do postigo. A madrugada conservava no frio e no escuro o casario da Rua Reims.

CINCO HORAS

Era hábito do delegado-geral referir-se aos outros como cavalheiros, não por delicadeza, e sim pelo prazer de lembrar que, além de não serem, estavam muito longe disso. Dormira o suficiente para manter o aprumo. Aspirando com repugnância o ar que compartilhava com os semelhantes, viu o relógio acusar as cinco horas do escabroso domingo. Quem ali conhecia geleia de framboesa? Resignado, ouviu o estalo da poltrona e recostou-se. A humanidade era um insulto. E sua história, boletins de ocorrência. Com desagrado, observando a manobra dos subalternos no vestíbulo, ele depositou atrás da língua dois comprimidos para o estômago e esvaziou o copo de leite. Porém, um pouco de seu infortúnio deslocou-se das entranhas para repuxar-lhe a boca. Tolerante, anunciou que receberia os cavalheiros da imprensa.

Num minuto eles lotaram a sala, com instrumentos, aparelhos, fios, flashes e perguntas. Era verdade que um policial integrava a quadrilha de sequestradores? A isso ele respondeu que, por vivermos numa democracia, os bandidos pululavam, pelo que não seria absurdo encontrá-los até mesmo nos quadros de nossa caluniada organização.

Doutor, o senhor já estaria utilizando, entre os equipamentos da polícia, um emissor de sinais que poderia ser colocado, por exemplo, dentro dum saco com o dinheiro do resgate? Ainda estamos testando o emissor de sinais.

Qual o grau de sofisticação e eficiência do emissor de sinais? O suficiente para merecer o aplauso da população e o temor dos que a exploram por meio do crime.

E sobre o estado de saúde do garoto? Os recados telefônicos dum dos marginais não chegam a ser uma diagnose confiável, no sentido médico do termo, porém esperemos que a pequena vítima se recupere sem dano prolongado.

Como isso seria admissível num sequestro que dura de quinta a domingo?

O que fez a polícia até agora?

O secretário da Segurança não exigiu presteza na ultimação do caso?

Cavalheiros, a exigência é de toda a coletividade paulistana, de que o senhor secretário da Segurança se faz, no momento, o mais categorizado porta-voz. Afinal, eu me sinto como se sentiu Guimarães Rosa ao escrever: "Viver é negócio muito perigoso..."

Entretanto, morrer é pior. Não ocorreu a ninguém a possibilidade de estar o menino morto a esta altura?

Antes de dar por encerrada a entrevista, eu quero esclarecer que compete à polícia, na investigação criminal, formular e selecionar as hipóteses, e não as receber de mão beijada, de outro setor da sociedade, mesmo da imprensa.

Doutor, com um policial envolvido, aliás, mais um, o senhor pretende recorrer à tortura no presente caso?

Nossos métodos são científicos.

Cassetetes elétricos?

Nossa polícia está modernizada. Nosso povo já não tolera desmandos. Nossos hábitos, ocidentais e cristãos, não incorporam a violência desnecessária.

Nossos bosques têm mais flores.

Por favor, cavalheiros.

NO AÇOUGUE

— Estou dizendo que estivemos aqui ontem.

— Fale mais devagar e com calma. Não ouvi direito.

— Faltam vinte minutos para as dez. O doutor Lauro desembarcou na Casa Verde outra vez.

— Você quer dizer no mesmo ponto onde estivemos ontem?

— Sim. Rua da Relíquia. Agora ele está parado na esquina da Rua Reims.

— Com a prata?

— Uma sacola de couro cru.

— Com os diabos. Há um barulho que me dificulta o entendimento do que você diz. De onde você está falando?

— Dum açougue. Uma senhora acaba de sair puxando um carrinho de feira, caindo aos pedaços, sem borracha nas rodas.

— Hum. Você disse feira?

— Hoje é dia de feira na Rua Vichy. Não estive lá porque não tiro o olho de cima do doutor. Mas já sei que as barracas ocupam dois quarteirões a partir da Rua Reims.

— Estaremos aí antes das dez.

O FIO DA MEADA

A chuva da madrugada lavara o ar. O doutor Lauro continuava na esquina, e Corvo II dentro do açougue, faltando pouco para as dez. A manhã de junho não aquecia nem mesmo um velho cachorro que se enrodilhava no degrau da calçada. Um negro de jaleco ensebado passou por ali, carregando ao ombro um caixote de pinho, vazio. O vento difundia o rumor da feira. Corvo II, inquieto, procurava a causa de sua tensão. Não era sem motivo que um achacador — como ele — com vinte anos de autoridade se enervava.

Recapitulemos. Como previra Benevides, e era esse o problema, a sempre suspeita antecipação de Benevides, o doutor Lauro encenara uma comédia ao despachar o motorista para a Praça da Sé; em seguida, de trainning, meiões, tênis, a sacola de couro cru e um boné com abas para proteger os ouvidos, ele escalou o muro de sua casa, nos fundos, e, oculto pela folhagem, ganhou o outro quarteirão e reapareceu na rua, começando a correr sem sair do lugar, como esses caras que fazem ginástica no banheiro. De repente, ensaiou um cooper nas barbas da equipe 8 e entrou num palacete qualquer, mandando-se depois num Maverick vermelho e preto, de buzina aflautada.

Em substância, Benevides previra tudo. Ainda no açougue, encostado à porta de ferro, Corvo II manchou de graxa a manga do paletó. O escrivão e o doutor não seriam sócios?

O ESQUEMA

Lauro empurrou a bolsa para trás, esticando com raiva o tirante. Com a mão fechada, olhou o relógio, e sem se descontrair observava à esquerda a Rua Reims, as árvores abandonadas, a erva socada entre as pedras e a frontaria úmida dos sobrados de dois pavimentos. Um cheiro de sebo e uns pombos que se bicavam num beiral, arrepiados e sujos, lembravam-lhe outros tempos, experiências idiotas. Enfim, logo resgataria Marcelo e o conduziria para longe daqueles odores de porão.

Uma Kombi estacionou diante do açougue. Corvo II teve alguma dificuldade para reconhecer Benevides no banco traseiro, de cachecol, chapéu de feltro e sem os óculos. Descambou pela soleira da porta e se encaminhou para a perua, como quem reencontra um tio do interior; depois, já na posse de seus modos esquivos, sentou-se ao lado do motorista, o Crioulo Doido. Benevides desdobrou um mapa da Zona Norte, muito amassado e com rasgaduras.

— Atenção, Estanislau II. Estamos em cima da hora. Às dez em ponto veremos o doutor se locomover da esquina até um beco que existe aí na Rua Reims, uma vila sem saída. Há duas hipóteses: ou ele some de nossa vista, no beco, ou deixa o dinheiro em algum lugar por ali. Já cercamos a área. Se o doutor entrar na vila, iremos atrás para resolver de imediato. Se ele não entrar, Corvinho, largando a sacola e se afastando, não tenho dúvida de que faz parte dos planos do cabo Luciano escapar pela feira da Rua Vichy. Atrás do beco se localizam uns quintais murados, um carrascal danado, mais terreno baldio do que qualquer outra coisa, dando para a Rua Vichy.

— Estou por dentro — afiançou Corvo II.

Crioulo Doido puxou do bolso da camisa um cigarro solitário e sinistro. Lauro Carlos iniciara um movimento à esquerda, só esperando a passagem dum furgão que penetrara na Rua Reims. Resolutamente, ele cruzou a rua em diagonal. Benevides explicou:

— Com esse furgão, do Aldo Fiori, vamos bloquear a entrada do beco. Pode ir agora, meu filho. Que Deus ilumine o seu caminho.

O investigador, esgueirando-se para fora da perua, atirou-se para a calçada oposta e correu até a última casa, colando-se a uma parede de tijolos vazados. A Kombi seguia-o em marcha lenta. De volta da feira, um sujeito alto e gordo, com ar paroquial, interrompeu-se ao acender uma cigarrilha. O que estava acontecendo? Desconfiado, ele formou nos lábios um bico adiposo; manteve acintosamente na mão a cigarrilha e a caixa de fósforos, em protesto. Perto dele, duas garotas carregavam, cada qual por uma alça, a mesma sacola de lona. Corvo II retornou apressadamente:

— O doutor largou a bolsa no chão, nas raízes duma seringueira; não entrou na vila, passou sem olhar para trás. De relance, eu vi o cabo Luciano. Ele apanhou a bolsa e se enfiou pelo beco.

— Muito bem, Corvo.

— O cabo está de calça Lee, camisa branca, umas botinas marrons, talvez de camurça, e um velho paletó de veludo azul.

Disse Benevides:

— Vamos fazer umas compras na feira, Corvo.

O GAROTO

Quanto ao garoto, o melhor seria desfazer-se dele com rapidez. Maquinalmente, com a bolsa a tiracolo, Luciano amarrotou junto ao pilar o encerado de lona; desenrolou a corda e desembaraçou-a do gancho. Marcelo já estava vestido para ir embora, de blusa xadrez, e sobraçando a pasta de couro. Ele decidira não enxugar os cabelos. A lancheira desaparecera, menos a correia. Tinha enrolado laboriosamente o cobertor de campanha.

— Posso levar o cantil?

— Não. Nem o cantil nem o cobertor. Daqui até lá embaixo são seis metros. Você seria capaz de se segurar num desses nós enquanto eu for soltando a corda devagar?

— Eu desço sozinho pela corda.

— Então venha.

— Posso ficar com esta blusa?

— Sim. Venha logo. Eu ajudo você com a tralha da escola.

— Não preciso da ajuda de ninguém.

Enganchada numa argola de ferro, Luciano lançou a corda, que balançou com o impulso e pendeu ao comprido do pilar. Marcelo, sem consciência de que o imitava, ajustou a correia para prender a pasta a tiracolo.

Na descida, ele atrapalhou-se, ou o pino da fivela não se encaixara no ilhós, a bagagem despencou sobre a vegetação traiçoeira do quintal. O menino alcançou a pasta com cuidado por causa dos espinhos; limpou-a com dois tapas e regulou a correia. Luciano saltou no penúltimo nó, jogando a corda de volta para a área.

Isso perturbou o garoto. Com a corda sumindo no alto, fora de seu alcance, outras coisas sumiam, ele não conseguiria escalar aquela parede, não ultrapassaria nunca mais os limites entre a vida real e a outra: espantosa, adulta e proibida.

Foram por uma trilha até os fundos do terreno, o menino atrás, acabrunhado, não ligando para os carrapichos e os picões que iam grudando em suas meias e também na blusa xadrez, que ele arrastava pelo mato da margem. Fatigado, chegou ao pé dum muro de tijolos roídos, com argamassa de terra. A aventura findara. Do outro lado, percebia-se a feira. No entanto, ele olhou em torno, sabendo que a memória também olhava, absorvendo com nostalgia o que lhe sucedera de quinta a domingo, durante uma onda de frio, um frio de junho que, exatamente como a sua prisão e o seu carcereiro, já lhe parecia improvável, imaginado, assombroso. Tudo isso teria existido?

Sem esforço, Luciano suspendeu Marcelo de fronte do muro, num trecho onde os cacos de garrafa, destruídos à pedrada, não ofereciam perigo. Olharam um a cara do outro.

— Quando eu crescer, Raimundo, pretendo ser um criminoso.

Luciano segurou a mão do garoto para atenuar-lhe a travessia. Um feirante pegou-o por detrás e colocou-o na calçada da Rua Vichy. Esse feirante, um negro, trepou sobre o muro com um caixote de pinho aos ombros e pulou para o quintal.

— Como vai, meu cabo? — disse Beiçola, amedrontado e contente, sem motivo para não sorrir, verdadeiro no suor da testa, cauteloso na razão e falso na aparência servil.

PELAS COSTAS

Beiçola, pondo no chão o caixote de pinho enquanto ia descalçando as sandálias, tirou do bolso um gorro de lã e despiu o ensebado jaleco de feirante.

— Deu sujeira, meu cabo. Não temos tempo para matar a saudade. A polícia está no seu calcanhar. Só há um jeito de fugir, mesmo assim dependendo de sorte. Depressa, meu cabo. Use esta roupa e as sandálias do negro. O caixote serve para esconder a sacola. Vá com Deus e não se esqueça de seu criado.

Beiçola cometeu um único erro: deu as costas a Luciano. Até aquele instante, a partir da medonha aparição no topo do muro, o pensamento de Luciano paralisara-se.

— Vamos duma vez, meu cabo. Depressa.

Do outro lado, na Rua Vichy, os gritos anunciavam a exposição e o trânsito da mercadoria. O negro espreitava por uma frincha do muro. Vagarosamente, o PM foi retomando a faculdade de pensar. Abriu o velho paletó de veludo azul, sem forro, e tendo consciência de que respirava um ar frio, percebeu com o movimento do peito o suave peso dum objeto de prata, no bolso interno. Simultâneos, ato e pensamento, um se integrava no outro: os dedos de Luciano protegeram a garganta e se insinuaram, inofensivos, entre a camisa e o paletó.

— Depressa. Depressa, meu cabo.

A mão puxou o punhal, já com o brilho fora da bainha, e entre as costelas avançou sem estorvo, um soco dilacerante (daí um rascar de tecido que se rompe), e então o calor viscoso que lhe salpicou o polegar e o mostrador do relógio. Domingo. Dez horas e vinte minutos.

Depois, um aniquilamento.

Chegava a não compreender o propósito duma arma na sua mão. Aquilo seria sangue?

Apesar de tudo, recomeçou a pensar. Matara Beiçola pelas costas. Aquilo era o sangue dum homem. Abandonando o punhal na grama, livrou-se rigidamente do paletó, das botinas e das meias. Vestindo o jaleco, sem tempo para náuseas acidentais, enterrou na cabeça o gorro de lã. Sentia um fedor. Sempre o fedor era o último a morrer. As sandálias, de lona com sola de corda, estavam apertadas. Calçou-as como chinelos, com o contraforte dobrado.

Beiçola descobrira tudo e o derrotara; matara-o, mas isso não suprimia a derrota; a morte do negro não compensava coisa nenhuma; então, descobrira tudo e vinha oferecer parceria, o maldito. O PM arregaçou as calças e se imobilizou, cansado, procurando superar a emergência. E a polícia? Claro, na pior das hipóteses, ele repartiria o lucro.

Embolou as meias contra a palmilha, nas botinas,

e enfiou-as nos pés do negro. Agarrou-o pelo pescoço — um peso inerte e pegajoso — e vestiu nele o paletó de veludo. Usando o punhal, furou o paletó, por trás, na altura da ferida, e o rasgão logo se encharcou de sangue. Jogou o punhal no mato, no meio duma trepadeira quase seca que, vergando um cercado de bambu, com as canas apodrecidas, resvalava no chão e bracejava ao vento. Puxou uma das ripas do caixote e guardou a bolsa. Recolocou a ripa, pressionando os pregos com o polegar. Sabia vagamente o que fazer.

Antes de mais nada, não podia saltar o muro ali. Varou a cerca de bambu, e com o caixote ao ombro (depois simularia uma carga exagerada), atravessou um depósito de lixo. Buscava assemelhar-se a esses ajudantes de feira, um tanto bêbados, vagabundos, que vasculhavam terrenos baldios e sentavam-se sobre sacos de estopa, junto ao calor e ao cheiro das rodas dos caminhões. Separou dois palanques de cerca e passou para outro quintal. De repente, soou-lhe mais próximo o vozerio da feira. Esgueirando-se ao longo do muro, parou; esforçava-se para não ceder ao entorpecimento.

Já estava sujo e suado quando se abeirou dum portão de chapas enferrujadas, mais escorado pelo entulho do que pelas colunas. Arrancou um largo pedaço de chapa para introduzir os dedos com folga; fez uma fresta no canto das dobradiças, que se desprenderam. Um parafuso rolou na calçada da Rua Vichy. Luciano saiu para apanhá-lo com a mão avara e o rosto alvar. Confundia-se agora com a turba da feira. Nenhum tira o reconheceria. Entortando o corpo, como um arco, dissimulou a estatura e coçou a testa por cima do gorro, estupidamente. A intenção era mover-se entre as barracas, curvado ao peso do caixote, mancando um pouco, e andar até o botequim dum árabe, na outra calçada; entrar, ir aos fundos, trancar-se na infecta privada e escapar pelo telhado. Tivera o cuidado de deixar o Opala bem longe da feira. Escaparia ao cerco. Sorriu.

Viu um homem gordo, roxo, mutilado, com as pernas cortadas à altura dos joelhos, amarrado com cinturões a um carro de rolimãs que, de certa maneira, completava-o. As cicatrizes se expunham, hediondas, guarnecidas de lado a lado com pandeiros de lata e tampas de garrafa de cerveja. Reclinado num banquinho com almofadas de retalhos, ele tocava com resignação lúgubre uma gaita de boca. Soprando o que seria uma valsa, suas feridas marcavam o compasso. Ele envergava todas as roupas que tinha, sob uma esfarrapada capa de gabardine. Quanto à cor de tudo isso, predominava o sórdido. Cobria a cabeça com um chapéu de couro, desabado na nuca; e mantinha outro na sarjeta, de feltro mole e pena de espanador, voltado para a caridade transeunte. Aparentemente um homem constituído de restos, mas na verdade restituído aos restos. Atraído por Luciano que esbarrava no chapéu de feltro, ele encostou o sorriso na gaita e fitou-o com uma cumplicidade velhaca.

Atrás duma tenda, perto do gordo, Corvo II tomou quase metade duma garapa. Ia espremer a outra banda do limão no copo quando reparou naqueles pés, as calças arregaçadas, a sujeira recente sobre a odiada musculatura. Terminou a garapa e, ostensivo, abandonou o troco e o posto.

O ENCONTRO

Muita gente no botequim do árabe. Os bêbados não deram por Luciano, mesmo quando ele escorregou no ladrilho molhado. Havia um rádio em algum lugar. O PM capengou pelo corredor até o pátio dos fundos. Os muros eram altos e encrespados de cacos de vidro. A porta entreaberta, um velho ocupava a privada. Uns sujeitos de jaleco flanavam por ali. Alguém escarrou no piso de cimento.

— Para o santo — era uma blasfêmia.

Era impossível escalar as paredes. Luciano abaixou o caixote e aproximou-se do muro; cavou a argamassa entre os tijolos com o parafuso que ainda trazia na mão. Olhando de perto o muro, como um cretino, experimentou a tensão dos músculos e sentiu de novo a sua própria estatura. Um índio, agachado, fumava de cabeça enviesada e ia cuspindo sempre no mesmo lugar. A porta entreaberta, o velho não se resolvia. Luciano apertou a testa contra o muro. Suava muito. Então sentiu que o suor começou a esfriar-lhe a nuca. Lentamente, virou o corpo.

Não era a polícia. Era Benevides. Sem arreglo.

No entanto, ele fitava Benevides, imóveis os dois, o escrivão de cachecol e com as mãos nos bolsos dum amplo e antigo capote. Luciano perseguia com o canto dos olhos o movimento em derredor. Benevides exibiu as mãos, abriu-as com indolência, e candidamente, despregando uma ripa no meio do caixote, apanhou a bolsa de couro, que logo desapareceu entre as dobras cinzentas do sobretudo.

Os camaradas de jaleco foram saindo, por instinto, para não testemunhar nada. Também o índio se retirou. Foi o Crioulo Doido quem chutou a porta da privada, rindo, e fez o velho aviar-se. Nos que permaneceram por ali, sem rosto, parados no pátio para compor um Goya, ou um delírio, o PM Luciano só distinguiu canos de revólver e, fora duma cesta de vime, a coronha duma metralhadora Ina. Com suavidade, Benevides repreendeu-o:

— Sozinho, cabo, não se chega a lugar nenhum.

A derrota para Beiçola o arrasara. Não resistiu ao fechamento do cerco. Puseram-lhe umas algemas suecas.

— Precisamos de amigos, cabo — suspirou Benevides mansamente. — Você sempre foi um ladrão, e portanto o último da escala ética a deixar de ser leal com os seus iguais, e incorruptível.

Luciano, como se tivesse mergulhado num estado de sonambulismo, não conseguia compreender, para além das altas paredes e dos telhados, o alarido anônimo da feira.

— Isto é vergonhoso — gemeu Benevides. — Vivemos

num país onde os ladrões já não merecem a mesma confiança de antanho. Eu vejo com pessimismo o nosso futuro político.

— Acabe com ele — gritou Crioulo Doido, rindo.

— Apesar dos pesares, cabo, nem tudo está perdido para você — murmurou Benevides com sensibilidade. — Acredito que ainda reste um caminho para o resgate de seus atributos morais. Basta cooperar conosco, agora sem trapaça, admitindo para a imprensa e nos interrogatórios que o sequestro foi obra duma quadrilha e que um dos marginais escapou com o dinheiro.

Com o soco inglês, medindo bem a distância para o ataque, Corvo II transformou em força os seus impulsos mais obscuros e desfechou um golpe que pegou Luciano no estômago. A pancada extinguiu-se num estalo abafado. Desequilibrando-se, Luciano raspou as costas no muro e vergou o corpo; nunca viria a descobrir quem lhe aplicara o soco. Crioulo Doido, no meio do pátio, por mero prazer e pronto para um massacre, agredia o ar a sua volta. Benevides insistiu polidamente:

— Você acompanhou o meu raciocínio, cabo?

Não respondeu. Nem demonstrou estar ouvindo.

Chegando muito perto, insultando-o com o hálito dos vários plantões, Benevides crispou a mão no queixo e no rosto do mau ladrão, e impondo-lhe as unhas justiceiras e recurvas, com brandura, lacerou para sangrar. Ao largá-lo, tinha ainda a mão rígida, quase artrítica, quando falou a Corvo II, delicadamente:

— Sempre chega o momento de se chamar a polícia, meu amigo. Recorra mais uma vez a seu belo Volks-TL e vá sacudir do sono o Ferreira e a equipe 8. Não use o rádio em hipótese alguma. Diga ao Ferreira, sem testemunhas, que você seguiu o doutor Lauro Carlos, por intuição policial, sem ter certeza de que era ele mesmo, e que a desconfiança valeu. Acrescente que um dos quadrilheiros acabou sendo detido numa feira da Zona Norte. Corvinho, ligeiro, vá buscar os homens.

O investigador afastou-se. Benevides, abertamente, acima da culpa ou do medo, sondou no olhar esverdeado do PM Luciano o que sobrava da passada selvageria. Disse:

— É a sua chance de continuar vivo, cabo. Colabore conosco.

— Acabe com ele — exigiu Crioulo Doido.

De onde estava, entre o muro e Benevides, Luciano enxergou confusamente as unhas que o sangraram, um botão do capote e, ocupando um espaço inverossímil no chão cimentado do pátio, os sapatos medonhos, marrons, enormes, cujo destino era espalhar um rastro nos corpos humanos, e pisar nas suas manchas, limpando-se enquanto e por onde andavam, para chegar quase sem resíduos e com algum brilho aos, diversos capachos e carpetes privados ou oficiais. "E a sua chance de continuar vivo".

Corvo II agiu com presteza. Por isso, o botequim do árabe, na Rua Vichy, Zona Norte, entrou no noticiário de São Paulo. Os rapazes da TV e da imprensa tiveram permissão para fotografar e filmar ali o cabo PM Luciano Augusto de Camargo Mendes, descalço, com as algemas diante do rosto sujo, um ar alucinado, bruto, esfregando-se pelas paredes, sangrando, apertado num jaleco de feira, e com as calças arregaçadas até os joelhos. Ele fedia a suor seco, piscando muito; às vezes repuxava a boca, imbecil e lívido.

NA FEIRA

Ia andando a esmo, tropeçando em bagaços e cascas. Não comera nada até aquela hora, sentia-se fraco, mas só de ver os pastéis chiando no óleo vinha-lhe uma náusea. A feira parecia conter uma multidão irritada. Se a pasta não pesava muito, por que a correia o incomodava no ombro? Fazia falta o Frederico para comprar laranjas.

Foi ao encostar-se no suporte duma tenda que ele se espantou com o homem de pernas cortadas. As cicatrizes dançavam com os pandeiros. Ele quis não olhar e derrubou outra vez a pasta; a gaitinha soava como um grito entre os dedos daquele homem, inchados e quase negros. Ao apanhar a pasta, não evitou que de repente o chão fugisse para longe e ele também ia caindo, sem ânimo para desviar os olhos das feridas grossas, roxas, quando alguém o segurou.

— Oi, Marcelo.

— Raimundo... — confundiu-se.

Porém o chão levou tudo aquilo embora e ele gostou de ir junto, deixou-se arrastar com a feira e o grito da gaitinha, sem entendimento a não ser uma pilha de repolhos despencando, muito cansado, e no lugar da memória um pano escuro. Acordou dentro do Maverick.

— De quem é este carro, pai?

NOTICIÁRIO

Estavam no gabinete do delegado Roberto Marques Ferreira, que limpou o suor do pescoço com um lenço verde; dobrou-o, colocou-o no bolso de trás da calça e acomodou-se na poltrona giratória. Três câmaras de TV focalizaram a desordem da mesa. Ferreira lotou a tela com a fisionomia rotunda e grave. Disse:

— Apesar do ardil utilizado pelo doutor Lauro Carlos, para que a polícia não enfrentasse os bandidos, não nos faltou argúcia para reconhecê-lo na rua e segui-lo.

— O senhor mesmo reconheceu o empresário?

— Trabalhamos em equipe. Atingimos o momento crucial do caso nessa feira da Zona Norte, quando acabou sendo entregue a uma perigosa quadrilha o dinheiro do resgate.

Um cinegrafista aproximou-se do Código Penal. Ferreira plantou ao lado da lei um cotovelo protetor.

— A polícia — ele dissertou — tem meios indiretos de intervir nas hipóteses de sequestro, sem expor a vítima a risco.

— Doutor, não circulou nenhum comentário de que os marginais tivessem oferecido resistência. Como se explica o encontro dum cadáver na área do flagrante?

— Certamente, houve disputa entre os envolvidos, e

um deles foi morto com uma facada nas costas.

— Já levantaram a identidade do defunto?

Ferreira, sentado para esconder atrás da mesa o toucinho abdominal, lançava um olhar astucioso para qualquer ponto à direita das câmaras, para que estas apanhassem de preferência o meio perfil que o emagrecia. Além disso, ele fumava com elegância.

— Ainda que eficaz a ação policial, desbaratando o grupo de malfeitores — o delegado transpirava com temor e complacência — só conseguimos prender um dos criminosos, o chefe. Os outros escaparam com o dinheiro, mas estão a salvo por pouco tempo; quanto a isso, não sejam céticos.

— O chefe, presumivelmente?

— Já afastamos a dúvida. O PM acaba de assinar uma confissão desinteressada e espontânea.

— Por que desinteressada?

— E por que não? — revidou Ferreira.

— Doutor, esse cabo PM Luciano Augusto de Camargo Mendes não foi um dos responsáveis pelo episódio da Favela da Paz?

— Esta entrevista não abrange nenhuma ocorrência fora de minhas atribuições no DEIC — não contornou Ferreira a sua comiseração pelos leigos.

— A esta altura, doutor, de que modo a sociedade brasileira pode conviver com essa onda de extorsões mediante sequestro?

— Confiando sempre na autoridade pública. No caso, graças a Deus, o jovem Marcelo já se encontra nos braços de sua família e, talvez, à disposição da imprensa. Obrigado.

SEGUNDA-FEIRA

Na manhã cinzenta, o sol empalideceu por alguns minutos as samambaias do alpendre. Dona Zuza e Rosalina tomavam o café na mesa da cozinha, ouvindo no rádio a previsão do tempo. Ia chover de tarde. Dona Zuza disse que para o almoço faria uma canja com o frango que sobrara do domingo. Rosalina, lembrando o pão de batata do Nicola, perguntou, a senhora se esqueceu de comprar?

O rádio prosseguiu com a hora certa e uma tropelia de reclames. Não esqueci, disse dona Zuza. Ainda estava no forno quando eu fui ao Nicola. Depois eu dou um pulo até lá. A filha se dispôs a ir, deixe que eu vou. A mãe, previdente, você vai perder a hora. Porém, como as meninas de hoje não sabem o que é juízo, Rosalina respondeu que isso não tinha a menor importância. Perco a hora, mas não o emprego.

Dona Zuza calou-se por ter notado na filha um estado de exaltação. Era claro que a jovem inventava motivos para se entreter, criava a sua própria euforia, gesticulava muito, não era mais a minha Rosalina. Ela agora remexia meia xícara de café, atentamente, mas levantou-se; quase soltou a mesa do calço e não tomou a bebida.

Tome o café, Rosalina. Ela disse, ciao.

Uns pardais vieram ciscar na soleira da cozinha. Dona Zuza alisou e dobrou um papel de embrulho, do Nicola, muito bom para secar batatas fritas. Juntou os farelos no côncavo da mão e lançou-os à lixeira. Eram atrevidos os pardais. O sol já sumira do alpendre. A torneira da pia, apesar de amarrada com uma cordinha de nylon, do varal, ainda pingava. Depois de sacudir a toalha no canteiro da salsa, dona Zuza lavou a roupa. As pilhas do rádio estavam gastas.

Rosalina veio da rua com um jornal e o cartucho do pão. Abandonou-se no sofá, com a cor desta toalha, o nariz dum morto, pouco se importando com os cabelos que descaíam para a testa. Que aconteceu, filha, que foi?

Ela disse, nada. Muito pálida, amarrotou o jornal e atirou-o ao soalho. Sentando-se a seu lado, deve ter sido um desastre, dona Zuza colocou os óculos; achou logo as letras vermelhas da manchete e a foto do cabo PM metido no sequestro dum garoto. Perguntou, a princípio incrédula, é Luciano?

Rosalina ergueu-se de repente. A determinação voltara-lhe ao rosto, ainda que com um rubor de febre. Dona Zuza levantou-se também. O que você vai fazer? A jovem afirmou que tinha só uma coisa para fazer, vou trabalhar.

Indo ao quarto, de lá saiu com os óculos escuros e uma blusa de malha. Foi embora sem se despedir, largando a porta escancarada. Dona Zuza entregou-se à leitura de todos os pormenores. Um criminoso, e como se isso não fosse o suficiente, casado.

Pouco depois, Rosalina retornava, porém, com a calma das piores doenças. Eu telefonei avisando que não ia. Hoje eu não suporto a loja.

Com Rosalina andando às tontas pelo quintal, dona Zuza preparou pacientemente a canja. Pensando bem, foi melhor assim. Aquele criminoso não pisa mais nesta casa. O caldo ficou apurando no fogo até a hora do almoço. Ninguém ligou o televisor, tácito luto. Ninguém almoçou.

Rosalina trancou-se no quarto. Acariciou um travesseiro e nele afundou o rosto. Ela não tinha a lucidez indagadora de quem investiga a frio as próprias emoções. Isso agravava a sua sensação de perda. Cobrindo-se com o roupão de banho, não percebeu quando começou e terminou de chorar. Ao redor, a vida escurecia.

À tarde, Rosalina enfiou-se num chuveiro quente, e diante do espelho onde o vapor se condensava, procurou reconhecer-se enquanto prendia os cabelos na nuca. Escolheu para vestir-se uma roupa surrada: calça Lee, o blusão marrom, de lã, e umas sandálias bordadas, com sola de juta. Decidiu ver como estava a rua.

Tocando com o rosto a aragem amarga do crepúsculo, ela desceu a ladeira pela estreita calçada até o trecho do gradil onde se descortinava toda a ribanceira gramada. Parou no gradil, apertando a barra com as duas mãos. O trânsito rolava incessantemente. Impressionou-a, então, a sugestão absurda de que não havia ninguém na cidade. Ela não via ninguém na avenida, nos bares, sob os toldos, ou no gramado. Nenhum vulto, nem mesmo nas janelas dos ônibus. As luzes pulsavam na névoa. A vida se reduzia a sinais automáticos que, secamente, se bastavam. Rosalina quis lembrar Luciano. Lembrou-o até esgotar-se.

Voltando para casa, fechou a porta com o ferrolho. Dona Zuza acendera a lâmpada da cozinha. A canja fumegava e os dois pratos fundos ocupavam os seus lugares. Rosalina, molhando os dedos na torneira da pia, enxugou-os na calça. Dona Zuza tirou do forno o pão de batata. Sentaram-se à mesa, silenciosamente.

Pegando a colher, Rosalina conduziu o olhar pelo cenário de sua sobrevivência: entre o fogão a gás e o televisor. Era a pobreza. Mas estava tudo pago.

o motim na ilha dos sinos

capítulo 18

O BIBLIOTECÁRIO

Schopenhauer, com as sandálias na mão e vencendo a areia fofa, apressava-se para acompanhar as passadas de Tedesco. Caminhavam de volta ao presídio. O sol da tarde erguia um foco alaranjado e roxo sobre a floresta. Portuga subornara um guarda e um dos presos da carpintaria. Tedesco falou isso com o cigarro na boca e olhando o oceano. Assim se explicava a origem das ferramentas. O bibliotecário parou para descansar. Que foi, Lourenço? Uma sentinela, exatamente o guarda que se aproveitara do desequilíbrio de Ortega para surrá-lo, fitou-os com a ironia dos trópicos, ociosa e sumarenta.

Continuaram devagar. Não sei se você sabe, amigão, mas o Portuga herda naturalmente os pertences dos comunistas que embarcam de madrugada para a Ilha Grande. Ele esconde na cela desde roupa usada a sapato velho, um cachimbo, um boné, um capote, mochilas com lenço e cachecol, umas porcarias que o capitão não quis apreender. Pois em troca dum par de botas e duma blusa de lã, admirou-se Tedesco, um pescador derrubou sem fazer perguntas uma corticeira de tronco bem grosso.

Schopenhauer conhecia a árvore como flor-de--coral: era comum na ilha. Elpídio Tedesco jogou o cigarro. O pau da corticeira, secando na sombra por dois meses, mais ou menos, tem muita serventia, ele riu. Logo estaremos com uma canoa no estaleiro. Quer fugir, Lourenço?

Partiriam no verão, e na vazante da maré, quando as correntes do Atlântico Sul tornariam possível a travessia duma canoa de corticeira, permitindo aos fugitivos a loucura de tentar o contorno das ilhas, Queimada Grande e Queimada Pequena, sem despedaçar-se nos recifes e desaparecer na rota da Água dos Afogados. Entristecia-se Schopenhauer, ninguém escapava da Ilha dos Sinos para chegar vivo a algum lugar.

Por precaução, ele interrompeu o raciocínio. Perto das quatro horas, aproximavam-se da guarita. Alguns detentos se aglomeravam fora da fila. Depois da contagem, Tedesco recolheu-se à cela e o bibliotecário reabriu a sala: queria consultar os poucos mapas de que dispunha. Com impaciência, livrou-se do Peres, gordo e torto, um estuprador compulsivo, autor duma série de roubos contra mulheres, matando algumas e violentando todas. Schopenhauer retirou a ficha da capa do livro e preencheu-a: Adelmo Peres. Esse homem, de expressão ardilosa e inquisidora, umedeceu um dedo nos beiços carnudos e saiu folheando Joseph Murphy.

Escurecia, mas ainda não era o momento de ligar a lâmpada. O mudo acercou-se da janela com um Atlas da FTD. A Água dos Afogados, uma praia ao sul de Itanhaém e Camboriú, não figurava no mapa. Nem os mortos que ali o oceano e os peixes devolviam, quase irreconhecíveis, mereciam memória além do vago registro. As correntes marítimas, mais fortes entre o continente e as ilhas, formavam o que os caiçaras da região chamavam, com inquietante singularidade, de Estreito do Inferno.

Schopenhauer ia refletindo, Portuga arquitetara um plano para escapar do presídio, como os outros suicidas. Não seria isso o pior a esperar-se dum terrorista: mas por que incluir Elpídio Tedesco? O mudo, fechando o Atlas e as duas janelas, julgou ter encontrado a resposta na musculatura e na ingenuidade do velho amigo: a sua força, nos remos, garantiria a passagem da canoa pelas águas da corrente ao largo da Queimada Grande, na maré baixa, dando a volta pela ilha e evitando o Estreito do Inferno. Apesar dos riscos, não teria sido difícil a Portuga convencê-lo.

A luz da tarde vinha pela porta e não perturbava a solidão que a biblioteca, longe de atenuar, absorvia com serenidade infinita. Certamente, algum barco apanharia os fugitivos no caminho. Schopenhauer girou a chave, pendurou-a no quadro e se dirigiu ao fundo do corredor. A noite chegara de surpresa. O encarregado acendeu as lâmpadas no pátio da torre. Então, uma lembrança reconfortou o bibliotecário: Luís Guilherme iria junto, claro, com a bengala e a apatia a que o reduzira o radicalismo militar. Sim. Portuga queria salvá-lo. Por que descrer dos bons sentimentos em política? Dois ou três ratos despencaram das mãos dum preso, na fila; o homem se agachou para recuperá-los, grunhindo como um agiota senil.

Schopenhauer rumou para o pavilhão três. Pareceu-lhe que Munhoz Ortega pintara sombras durante toda a tarde. Agora, com uma vela, movendo a chama diante do quadro, ele despertava uma cambiante abstração — decomposta e visceral — nos espaços que o pincel deixara intocado. Ortega não tinha vícios, a não ser a genialidade.

No catre, o mudo cruzou os dedos atrás da nuca, e com um prazer insolente, como quem rega um canteiro de ervas daninhas, começou a cuidar de seus ressentimentos. Ana Maria Balarim Cotrim jamais trocaria qualquer esboço de Ortega por um caderno inteiro do *Diário metafísico*. No próximo verão, Tedesco iria embora. Luís Guilherme desprezara a biblioteca. Schopenhauer concentrou-se no sociólogo. "O remorso, e nisso ele não difere do castigo, destina-se a quem seja capaz de senti-lo, e isso exclui o criminoso". Puro Durkheim.

Gostaria de vê-lo de perto. Melhor dormir. Portuga irá salvá-lo para o exílio. Tomara que Ortega não derrube as bisnagas no chão. Estou com sono.

A ASSINATURA

Apesar do noticiário da TV e da aparência medonha do cabo PM Luciano, sob os flashes, Vesgo terminou a sopa noturna de Marialva. Suspendeu a respiração ao reconhecer a feira da Rua Vichy e o botequim do árabe. Um medo sorrateiro e vil petrificou-o momentaneamente. Ele recusou o café, mas não os dois dedos de conversa com Severiano Nunes, não sei a quem mais temer, disse o dono da hospedaria, se os marginais ou a polícia.

Eu sei, recuperou-se Vesgo, e por ter pagado a conta do jantar, não acrescentou explicações. Refletidamente, entrando na noite densa, começava a suar. Agora, na praça, espreitava o oceano e o que restava do domingo. Piscavam à distância as luzes amortecidas da Ilha dos Sinos. De cabeça baixa, encaminhou-se para a casa. Chegando, não deixou nenhuma lâmpada acesa, mesmo a do alpendre. Depois, puxou o cobertor, agachou-se como um índio, enrolou-se no escuro.

O cabo PM Luciano tinha outra quadrilha, pensou, um morreu e outro fugiu com o dinheiro. Usaram a minha casa para esconder o menino e me deixaram de fora. Isso não faz sentido, mortificava-se e não conseguia dormir. Sacanagem, ele gritou. Não era verdade que o investigador Corvo II o estivesse perseguindo.

Suado e com frio, Vesgo teve que dominar o torpor para compreender: o cabo PM Luciano chefiava outro bando e agora estava preso. Usaram a minha casa, ele encostou a testa na bolsa de ferramentas. A polícia, investigando o sobradinho do beco, chegaria aos herdeiros do dono na Vila dos Remédios, e ao meu fiador: Samuel Bortz. E a mim, nesta praia, com o Volks de Samuel desde a manhã de quarta-feira. Eu não sabia de nada, doutor, o alfaiate pode confirmar, e na penumbra seus dedos estalavam.

Um carro passou na rua e Vesgo arremessou-se contra a parede, vendo o clarão dos faróis sumir na janela. Escorregando de costas, esperou amanhecer. Para homens como ele, não ter culpa era uma circunstância agravante.

No dia seguinte, lavou o rosto e os cabelos na água gelada do tanque; e sem enxugar-se, sacudindo a cabeça, abriu o Volks e ligou o rádio. Porém, só depois, na banca de jornais, entre a igreja e o bar, inteirou-se de que o morto era Beiçola. Atravessando a praça de Suarão com a *Folha da Tarde*, deduziu que Joel My Friend escapara com o dinheiro do resgate. Fui enganado, amesquinhava-se. Eu sou um idiota.

Com soturna lentidão, Vesgo descartou-se do medo; molhou o filtro do cigarro na saliva do despeito; entrou numa barbearia. Não havia outra quadrilha, ele ruminava.

Barba e cabelo, disse e, sentando-se, trocou a *Folha* por uma revista de 1975. O barbeiro, perfumado e grisalho, ajustou-lhe o avental e citou Geisel — sem desmerecer Garrastazu. Espremendo um tubo de creme, vazio, numa pequena cabaça de alumínio, liberou um resto, mexeu a espuma e falou de Lúcio Flávio. Ao ensaboar a cara de Vesgo, não se esqueceu dos destemperos de Prieto, o Magro. Afiou a navalha num gasto assentador de couro de búfalo e tocou na lógica, na argúcia e na serenidade de Castelo. Parou em Herzog.

Calado, Vesgo fixou a página com a fotografia do jornalista assassinado pelos militares. Tinham simulado um suicídio por enforcamento, e num canto da parede, atrás duma carteira escolar, com inúteis papéis no tampo, Herzog pendia duma cinta. Não havia outro bando, Vesgo virou a página e olhou o espelho. Não era verdade que Corvo II estivesse por perto. Pagou e partiu para a praia, onde começou a correr.

Afundou na areia as meias verdes. Ninguém pode me acusar desse crime, doutor, ele se defendia perante o Atlântico. Estou em Suarão desde a manhã de quarta-feira, o mar cortava a espuma em franjas e estirava-as longe do molhe. Tenho uma testemunha, doutor, o peixe no bico duma gaivota cintilou como lâmina. Eu vim guiando o Volks de Samuel Bortz. Arrumei um trabalho de pedreiro e eletricista na propriedade da mulher de Samuel Bortz em Suarão.

Nem almoçou, teve uma ideia, voltou para a casa. Erguendo o capô do motor, tirou a correia do ventilador e inverteu os terminais da distribuição. Lembrou-se dum galão de plástico, empoeirado, no depósito dos fundos. Rápido, foi buscá-lo, e com um pedaço de mangueira estreita, por sucção, nervoso e sôfrego, esvaziou o tanque de gasolina. Depois, com cadeado e corrente, esticou-a para travar a embreagem, o volante e a alavanca do câmbio.

Aqui, sem sair deste lugar, doutor, o carro é uma de minhas testemunhas. Vesgo estremeceu e fechou a casa com o galão, a correia do ventilador e a maleta das ferramentas. Arrependeu-se de ter vendido toda a maconha na ponte pênsil de São Vicente. Agora, sentia um pouco de fome, não podia perder tempo, guardou na mochila o dinheiro e os documentos do Volks. Sem que ele notasse, o sol desaparecera, a garoa ia já escorrendo pelas plantas.

Enfiou-se no cachecol de Agda, abotoou a japona até o pescoço e cruzou a estrada para informar-se sobre os horários da Breda. Um ônibus passaria por ali às duas horas e entraria na Rodoviária de São Paulo às cinco. Vesgo bem que poderia comer um sanduíche no bar, não conseguiu, cuspiu uma saliva encorpada, quase um vômito. Já era noite quando saltou do ônibus e se apressou pela Duque de Caxias, em São Paulo. Na fila dos táxis, viu à esquerda o relógio da torre da antiga

Sorocabana, o mostrador que se iluminava para a avenida, quase sete. Conferiu a hora no Seiko e pegou um táxi para a Casa Verde.

A luz dos postes atingia os anônimos que passavam, e por um momento curto, pálido, rarefeito, eles ganhavam existência. Vesgo tentou mastigar um pastel no botequim do árabe, estava ótimo, com cebola picada e hortelã na carne; atirou-o na lixeira e contentou-se com um café. Nenhum desconhecido nas mesas de toalha vermelha, ele observou. Andando pela Rua Vichy, com a mochila às costas, calculava se procuraria ou não Samuel Bortz. Abrindo a japona, rumou para a praça e daí para a Braz Leme: já da esquina viu a alfaiataria fechada: era noite, lembrou-se disso com um calafrio e ajustou o cachecol de Agda.

Certamente, revistaram por alto o sobradinho. Não teriam achado o dinheiro e as armas, Deus é pai. O interesse da polícia seria o resgate do menino e não uma vistoria. Se quisessem alguma coisa comigo, já estariam desde ontem em Suarão. Vesgo, caminhando rente aos muros arruinados da Rua Vichy, deserto e escuro aquele trecho do bairro, escalou o portão e saltou para o matagal. O cachecol de Agda debatia-se no seu ombro.

Aproximando-se dos fundos da casa, e manobrando uma vara seca de bambu, de apanhar abacate, Vesgo afastou o encerado de lona e puxou a corda, que pendeu com um roçagar suave, balançando-se ao longo da parede. Alçou o corpo, e quase sem fôlego, caindo de joelhos no outro lado do pequeno alpendre, atrás do encerado, deitou-se sobre a mochila e pensou em dormir. Não recolheu a corda. As chaves ficaram com o cabo Luciano, respirou fundo e enxugou o suor na manga da japona, mas as dobradiças eram externas. Recuperaria as armas e o dinheiro, sentiu-se bem melhor, iria embora para Santana Velha, Serra Acima ou Rio Batalha, por uns tempos.

Vesgo, agachando-se defronte do tanque, tateou junto à manilha e encontrou uma chave de fenda. Sonolento, ergueu-se e colou o ouvido na fechadura: nenhum silêncio suspeito. Soltando os pinos, guardou-os no bolso da japona; depois, como alavanca, introduziu a chave de fenda por baixo e forçou a porta, deslocando-a sem estragar o trinco. Entrou devagar.

As luzes acenderam-se e feriram Vesgo como um soco. Apontando-lhe um Taurus-38, Corvo II disse:

— Ponha a porta no lugar. Tome a chave.

Vindo pela escada, e calçando com indiferença umas luvas de couro preto, surgiu outro homem, de capa militar, avantajada estatura e lábios finos. Corvo II acomodou o revólver sob o colete e, a tapas, revistou o caolho. O outro homem, de lábios finos e cabelo cortado à escovinha, foi ao alpendre e de lá, dando pontapés na mochila, arrastou-a para dentro. Vesgo, sem controlar o tremor, recolocou a porta no suporte das dobradiças e repôs os pinos.

— Sente-se — sibilou Corvo II, fruindo, de salto alto e gravata larga, o prazer da tirania.

Acovardado, Vesgo obedeceu e não fez questão de esconder o pavor. O homem de cabelo cortado à escovinha, o olhar longínquo e cinzento, postou-se por trás da cadeira, as luvas de couro preto nos ombros do caolho. Corvo II esvaziou a mochila. Riu diante de mais um punhal com cabo de prata. Indagou:

— Você tem erva?

— Não — com os meganhas não adiantava ir além do monossílabo.

— Mas tem cheiro — insistiu Corvo II.

— Vendi uns fininhos na praia.

— Achamos um dinheiro emparedado neste quarto. Há outro depósito na casa?

— Não — e Vesgo acrescentou: — Tenho esse dinheiro da mochila.

— As armas, um 38 e dois 32, são só essas?

Olhando de esguelha, dificilmente, porque o homem da capa militar e das luvas de couro preto, pressionando-o na nuca e nos maxilares, imobilizava-lhe a cabeça, o zarolho reparou nos revólveres e na munição do PM Luciano em cima do caixote. Gritou:

— Só.

O polegar opositor e os outros dedos, da direita e da esquerda, com luvas de couro preto, fecharam-se em torno do cachecol de Agda, comprimindo-o contra a pele de Vesgo até que se rompessem cartilagem, vértebras cervicais e uma clavícula. Vesgo escorregou da cadeira para estertorar no chão. Depois, viram que estava morto, porque já não tinha medo.

O homem de olhar longínquo e cinza atirou o morto contra a parede, e utilizando as lãs de Agda como disfarce do estrangulamento, um nó grosso, suspendeu-o pela garganta, pela gorja, atando a outra ponta do cachecol no básculo do vitrô. Corvo II não inibiu a gargalhada. Disse:

— Mas isso não é um homicídio, é uma assinatura.

Partilharam o dinheiro. O homem de capa militar e lábios finos interessou-se pelo punhal com cabo de prata. Corvo II apropriou-se das armas de fogo e da mochila. Saíram pela porta da frente.

AMARGA QUINTA-FEIRA

A mulher Inês ainda não chegara do hospital. Joel My Friend distribuiu a maconha em três pares de tênis Adidas e amontoou-os num canto, atrás dum guarda-roupa de pinho, jogando-os com apatia. Depois, cambaleou para fora e seguiu pelo corredor: vestia o blusão de couro preto e não levava no bolso nenhum documento. Agônica e amarelada, entre os tabiques de Teresa de Jesus, a luz duma lâmpada acompanhou-o por um instante, tornando-o mais alongado e lívido.

Subitamente, muito alta, gotejando pelas telhas e varando as paredes, a voz de Damasceno de Castro, o Crente, era uma desforra — quase uma vingança — para os abandonados, os esquecidos, os traídos deste mundo.

Irmãos. Estarão vocês preparados para a amarga quinta-feira? Todos os dias são dias do Senhor, mas se o sábado é o dia da penitência, domingo é o dia do encontro com Ele. Que faremos hoje com a mediana, solitária e amarga quinta-feira?

Tendo a chave, Joel My Friend empurrou a porta do compartimento de Inês, sem ruído, e não precisou vasculhar as gavetas para alcançar o Colt-32. Não viu no espelho a espuma de sua boca. Pisou numa almofada; carregou o revólver com seis cartuchos, e enquanto o ocultava sob o blusão, entre a Hering e a Lee, saiu, fechou a porta e impulsionou a chave pela fresta.

No princípio era o nada absoluto, ou o abismo sem beiradas. Seriamente, já ninguém duvida que a criação do homem foi um ato de rebeldia do Senhor, e que com isso Ele impôs a desordem e o caos na paz do cemitério. Somos filhos da rebeldia e só ela nos redime. Por isso, meus irmãos, eu combato até a morte os presos de bom comportamento.

Joel My Friend saltou para a plataforma dum ônibus na Guaiaúna. Curvado, sentiu que movia com o Colt escondido a trava da borboleta. Largou na banca do cobrador as moedas exatas e viu pelas janelas, fundindo-se a um céu de cimento e vidro, a iluminação da noite. Sem lugar, equilibrou-se com o auxílio da alça. Morto Beiçola e preso o cabo PM Luciano, a polícia viria buscá-lo. Ao morder os lábios, Jô comprimiu e expulsou uma espuma alvacenta que, escorrendo devagar por um vinco, muito fundo, rebrilhou no queixo.

Maldito seja o reles e cego cumpridor de horários e regulamentos. Que ele exija a amabilidade na conduta do encarcerado, eu entendo. Mas que o preso não se revolte em ódio e sangue contra o acaso da cadeia e o destino de suas barras de ferro, maldito entre os malditos ele seja. Deus nos assinalou, na origem, com o selo da insubmissão. Portanto a ira, desde que justa, é sagrada, e faz de cada homem uma divindade coadjuvante.

Passava no Cine Rio Branco *Porgy and Bess*. A ideia de Jô era antecipar-se à polícia; ele acertaria a cabeça de dois ou três meganhas, não deixaria por menos, mas para isso era necessário armar um lance e atrair a atenção daqueles fardados dentro da RP, por exemplo, bem na esquina com a Rua Aurora. Vamos, Jô.

Bess, my Bess, do saguão do cinema à calçada, cobrindo um jorro de claridade limpa e incolor, as pessoas, aos grupos, iam afluindo para o meio da avenida: um homem de barba escura e cabelo desalinhado, adunco, a mão ossuda sobressaindo do capote cinza, um livro debaixo do braço, apertava através da manga de camurça uma mulher de lenço no pescoço, irônica, de óculos e um pouco pálida sob a marquise fluorescente: um jovem de boina e cavanhaque, gesticulando num casacão preto com gola de astracã, entoava, apesar duma buzina transeunte, *Bess, my Bess*. Vamos, Jô.

Joel My Friend atirou-se contra o jovem de boina e cavanhaque, derrubando-o entre dois para-choques cromados. Com a alva espuma a penetrar-lhe as narinas, Jô simulou um rancor que na verdade o atormentava. Por isso, gritando como um possesso, *uma divindade coadjuvante,* arrancou do rapaz o casacão preto com gola de astracã e apressou-se ao longo da Rio Branco.

Ladrão, ladrão, meu casaco, a turba e a sirena começaram a persegui-lo. Vamos, Jô. Parando atrás dum poste, na Rua Vitória, Joel My Friend mostrou de repente a cara e o revólver. Desfechou quatro tiros contra os policiais, e com o tumulto, correndo entre os carros, cruzou a Gusmões e a General Osório. Ouviu um tiro, respondeu com dois e tomou a direção da Duque de Caxias, à direita. Vamos, Jô.

Eu prego o cristianismo feroz, contemporâneo da eternidade e não das catacumbas. Jamais dividirei o meu amor com os resignados.

Entrou no Edifício Santa Mônica, perdera o casaco na fuga, rumou para o hall dos elevadores.

Ainda com o Colt na mão, embora descarregado, assustou no caminho o porteiro da noite, vendo-o ocultar-se atrás duma coluna de pastilhas, sensato e esbaforido, o uniforme estourando de banha e prudência. Um bando raivoso atropelava-se na escadaria do prédio. Ladrão, ladrão. Vou pela escada, Jô calculou, mas um dos elevadores estava para chegar ao térreo. Comunista, meu casaco, ladrão.

Para mim, quinta-feira é o dia do protesto e da insubordinação contra o destino, esse poeta satírico, esse timoneiro surdo.

Ajoelhando-se no capacho da portaria, um homem de boné com as abas desabotoadas, esgueirando-se até o balcão, amarrotou a barra da calça e suspendeu-a, tirando do coldre, descaído para o tornozelo, um Taurus-38. Abrindo-se a porta do elevador, a luz da cabina escapou para o hall e imprimiu no piso um rastro impreciso. O homem do boné apontou entre as costelas de Joel My Friend e alvejou-o com um disparo seco. Duas mulheres gritaram. O porteiro da noite sentou-se rotundamente no chão de mármore polido.

Nossos nervos são amarras fatais e elásticas que nos prendem aos dedos do Criador.

Tombando para a frente, amparou-se Joel na parede do cubículo, de aço escovado e espelho. O revólver pendeu, tornou-se pesado e o abandonou. Quando chamaram o elevador no sétimo pavimento e a porta se fechava, Jô, sozinho, caiu no carpete onde o sangue já se alastrava. A espuma, no canto da boca e no vinco, muito fundo, começava a esfriar. O homem do boné correu pela escada.

Ai dos pacatos, ai dos humildes, ai dos coitados, ai dos covardes, porque eles serão nada menos que ioiôs na mão de Deus. Nada menos que ioiôs.

Quem chamou, no sétimo, não quis entrar ao ver o morto. As engrenagens sibilaram e o elevador saiu para o oitavo e depois o décimo. Ante o morto, iam todos recuando. Chamaram do terceiro e do térreo: ninguém queria a companhia do morto. A porta se abria mostrando o morto, e fechava-se sem sepultá-lo. O homem do boné desceu pela escada. A turba invadiu o saguão. O elevador subiu para o terceiro andar e parou depois no sexto: e subia: descia. Côncavo e rouco, sempre angustiado, ressoava pelo poço o coro do alarido humano.

MONÓLOGO

Outubro, 1976, antes do almoço e utilizando a linha direta, perguntaram ao diretor da Casa de Detenção se o *cofre* estaria vago às cinco da tarde, para hospedar por meia hora, se tanto, Luciano Augusto de Camargo Mendes. Na geografia do Carandiru e da Rua Brigadeiro Tobias, alguns chamavam de *cofre* a cela forte que o diretor mantinha em seu gabinete para diligências que exigissem segurança e sigilo. Havia conversas que guardas de presídio, tiras, e outros subalternos, não podiam ouvir sem que isso repercutisse no saldo da conta. Palaciana a voz, masculina e sóbria, abafando manobras de antessala, apressou-se o diretor a responder, como não?

Desligaram. Nesse ponto, pelo menos, os militares eram mais corteses. Sempre designavam um dos oficiais para agradecer o uso do cofre. Claro, deixavam a limpeza para os civis. Trouxeram Luciano às cinco. Um guarda bateu a grade com estrondo e correu o ferrolho, girando acintosamente a chave do grande cadeado.

O diretor da Casa de Detenção, gordo e de feições indiáticas, interrompeu-se e, pondo os óculos no bolso da camisa, abandonou a mesa. Na porta, mordeu um cigarro e saiu, cauteloso. Acompanhou-o um velho funcionário, ruivo e alcoólatra, de botinas alaranjadas, espiando para os lados e apalpando-se, onde esqueci os fósforos?

Apático, no meio da cela estreita, Luciano baixou as algemas, como se pesassem. Olhou as paredes de larga espessura, lisas e cor de cimento. O chão era de ladrilhos, lembrava-se. Ao fundo, o ralo. Por ali já escoara, com a água da mangueira, muito excremento com sangue. O que querem de mim? Não faltava mais nada, eu ser torturado.

De onde estava, podia tocar os quatro cantos do cubículo. A tarde, seca e morna, espalhando pelo gabinete uma poeira fina, passava pela grade onde um vulto se deteve. Luciano viu Benevides.

Através de caminhos opostos, meu filho, chegamos juntos a esta grade, ele disse devagar e fatigadamente. Escondendo as mãos atrás do paletó, acrescentou não ter vindo para espezinhar ninguém, por favor, não me reduza a vítima de incompreensões tolas.

Nosso povo tem um elevado padrão de ignorância, disse, recomendando-se de vez em quando a prisão de algum policial para que do assunto se ocupem os jornais e as estatísticas. Benevides exibiu as mãos monstruosas, e para compensar, suspirando, disse com brandura, um policial preso garante um deputado solto, e em resumo essa é a máquina do mundo. Depois, a voz do escrivão anunciou uma falha que ele contornou sem tossir. Em pé e humildemente, preparou o cachimbo.

Luciano não se movia; e de onde estava, pálido e idiotizado, podia alcançar com os punhos algemados os quatro cantos da cela. Hábil no exercício das amenidades, Benevides elogiou-o, são poucos os que sabem calar a boca com vigor e eloquência, disse. Você me traiu, Luciano, mas se regenerou pelo ressarcimento da dívida. Eu não serei nunca um Corvo II, um ressentido militante.

Acredite, Luciano, eu não diria ao Tribunal que a roupa do morto era sua, aquele paletó de veludo azul. Eu não acharia no mato o punhal de prata. Corvo II, mais do que obsessivo, sempre foi criminoso em suas reações.

Benevides emocionou-se ao comunicar, vou requerer a minha aposentadoria. Atrás dos óculos, teria expelido uma lágrima cor de iodo ao adiantar que Luciano iria em breve para a Ilha dos Sinos? Não se considere um presidiário, meu filho, reconfortou-o. Você passou para a reserva. *Temos uma missão para você.*

Desde que aposentado, o que farei comigo? Eu sou eterno, explicou, partilhando um segredo como quem espera mais que absolvição: tolerância. Continuarei transportando a quem de direito o dinheiro das concorrências, sorriu com muita compostura. Apostarei no jogo do bicho em nome dos eleitos, direta ou indiretamente. E em público, estarei sempre sujo, para que eles não estejam.

Naturalmente, o mundo é mau, desculpou-se. Mas o

que me consola é a capacidade que temos de humani-zá-lo, isto é, torná-lo pior. *Temos uma missão para você na Ilha dos Sinos.*

Luciano podia atirar-se contra a grade, calculava Benevides, ou esfregar entre as barras a têmpora late-jante. De resto, pensava, sem sair do lugar e apesar das algemas, ele podia cobrir de socos os quatro cantos da cela forte.

Na parede, logo abaixo do relógio, um mostruário envidraçado expunha num fundo de feltro verde doze tipos de estiletes, artesanato de motim. A fumaça do cachimbo parava no ar. Na minha hierarquia, um tanto pessoal, confessou Benevides, acima do cargo de escrivão eu só distingo o mandato legislativo. Talvez eu seja chamado para prosseguir fazendo o que sempre fiz: em outro escalão, mas com a mesma intransigência, proteger e defender os nossos amigos.

Eu não me despeço, ele não se despediu. Caminhou para a porta, abriu-a e não se voltou nem para fechá-la. Os guardas conduziram Luciano para baixo.

Trêmulo, um sovado terno de nycron, o funcionário de botinas alaranjadas, ora, esqueci os fósforos ao lado do cinzeiro, entrou no gabinete e viu na parede quanto faltava para as seis horas. Tomaria uma ou duas cervejas no Bar Cruz de Malta, meu Deus, na primeira esquina da Avenida Santos Dumont, duas ou três cervejas.

VILA DALILA

Chegaram de sirena ligada e bloquearam o lugar com as duas viaturas. Ali era a Rua Minuanos, perto dos trilhos da Zona Leste. Camilo Gomes e outro tira postaram-se à distância para vigiar os fundos do quarteirão. O delegado Leo, corpulento, de barba grisalha e bigode preto, largou aberta a porta da C-14 e saiu com a metralhadora destravada. Aquele casario logo seria demolido para as obras do Metrô. A dona do cortiço era Teresa de Jesus.

— Desculpe, doutor, um dia teremos que mascarar o nosso arbítrio com um mandado de autoridade judiciária — a intervenção, áspera e crítica, partiu do investigador Giba.

O delegado Leo, Leonel Jorge Gama, irritou-se.

— Giba, estamos numa guerra. Nada me diverte tanto como um tira posando de jurisconsulto. Eu não pago as minhas contas com as apostilas da faculdade.

— Não estamos numa guerra.

— Dizem isso aos acadêmicos de Pouso Alegre? — Leo permitiu-se uma risada curta. — Venha comigo para aprender.

Dois investigadores ultrapassaram Giba. Um deles, Laércio, com a cobertura de Leo, localizaria e entraria sem testemunhas no compartimento de Joel My Friend, apossando-se da maconha que estivesse lá.

O cortiço de Teresa era desinteressante, com gente inútil e, segundo o DEIC, sem antecedentes infames. Um velho de boné com abas e maxilar deslocado, uma ninhada de gatos, uns meninos de olhos escuros, mulheres desbotadas, no ar um discurso evangélico, alguém desceu uma vidraça, outro espiou pela veneziana, quem conseguiria tão depressa calar o rádio e um cachorro com lombrigas? Amedrontados e curiosos, atrás da treliça, espalhando-se pelo corredor, ou no jardim, a impressão deles era que se falassem alguma coisa, apanhariam; e se fugissem, levariam uma bala pelas costas. Leo chutou uma bengala abandonada e encontrou a dona do cortiço.

— Onde é o quarto de Inês Teodoro?

O delegado derrubou a porta certa com um pontapé. Laércio, voltando pela treliça da garagem, avisou em voz alta:

— O morto estava limpo — o tira fechou a mochila e foi para a rua.

— Venha, Giba — disse o delegado. — Estou sentindo o cheiro do cartucho CBC numa dessas gavetas — revistou-as e deu com a caixa das balas e o registro dum Colt-32 em nome de Marcílio Teodoro. — Esse Marcílio só pode ser o pai de Inês.

De mãos para trás, alto e ingênuo, o investigador Giba olhava no tabique — do forro ao soalho — um painel com capas de revistas. Secamente, o delegado Leo disse:

— Em 1974 eu perseguia uns assaltantes de banco no Largo do Arouche. Um deles, com a cara de Che Guevara, veio correndo na minha direção. Eu atirei, a arma negou fogo duas vezes, ele percebeu, não sei se riu, e apontou para a minha cabeça uma Walther PPK. Eu teria morrido se o Laércio, por trás de mim, não disparasse a Ina. As minhas balas eram da Companhia Brasileira de Cartuchos, CBC, que o Estado oferece a seus policiais. Depois disso, eu passei a comprar a minha munição no exterior, Winchester, ou Federal. Não me fale nunca mais em mandado de autoridade judiciária. Você quer suprimir o poder do delegado?

Em silêncio, Giba examinava o alojamento.

— No ano passado, Gibinha, com uma precatória no bolso, fui buscar um traficante no Rio, o Zózimo da Barra da Tijuca. Uns meganhas de lá começaram a enrustir o camarada, mudando de camburão e tentando uma cariocada cheia de *ss* na pronúncia. Na porrada, eu, o Laércio e o Camilo conseguimos guardar o Zózimo na viatura. Não é que na Dutra a polícia do Rio quis resgatar o traficante? Tivemos que enfrentar os colegas à bala. E era uma precatória quente, Gibinha. Depois você me conta como anda o ensino do direito em Pouso Alegre.

Era uma cama sem sinais de percevejo. O delegado Leo voltou-se instintivamente para o corredor. Disse:

— Sinto um aroma de vulva inocente.

Viram a mulher Inês junto às ombreiras da porta arrombada. Entre o assombro e a indecisão, ela não viu a toalha de rosto e a saboneteira cair no assoalho.

— Inês Teodoro, suponho. Há três meses você vem saindo com Joel Silvério Gomes dos Reis? Você emprestou a ele um Colt-32 com seis balas? Você sabia que Joel Silvério era assaltante? Traficante? No caminho você responde, Inês. Agora venha conosco para o reconhecimento dum cadáver no IML.

Desde que inocente, pegou-a pelo pescoço. Ligaram a sirena. Não demorou muito, uns vultos, de comum acordo e sem alarde, puxaram da cama de Inês a colcha e os lençóis, sem percevejos, e embrulharam a comida da geladeira, as roupas, os sapatos, os frascos, os berloques, o relógio, o televisor, a saboneteira e a vasilha de plástico. Com um silêncio preciso, carregaram o que era de Inês.

No IML, no fundo da gaveta fria, era Joel.

O NATAL DOS OUTROS

Naquele ano de 1976, no Natal, entre as muralhas da Casa de Detenção de São Paulo, o diretor do Grupo de Valorização Humana organizou uma festa na quadra do pavilhão oito, com artistas de rádio e TV, e mulatas da Rua dos Gusmões, as menos drogadas. Participaram do happening cerca de quinhentos detentos que, acompanhados de seus familiares, somavam mil marginais, "tudo na mais perfeita harmonia", orgulhava-se o diretor.

Marilu, pondo a cabeça no colo de Luciano, apontou para os presos que espiavam a festa de longe, dependurados nas grades, uns sobre os outros, nas janelas dos pavilhões em volta da quadra.

— Por que eles não vieram para cá?

— Na maioria são loucos — respondeu Luciano. — Ou inibidos. Ou desconfiados. Não foram escolhidos. Não querem saber de conversa. Em qualquer lugar, principalmente neste, não se faz festa sem hipocrisia, e eles têm uma vaga noção disso.

Marilu acrescentou:

— Tudo pode ser visto de todas as maneiras.

— Sim.

— Mas por que preferir o pior?

Olharam o tablado como se o show os interessasse.

Luciano não estava disposto a se aborrecer com Marilu. Havia entre eles a verdade muito recente da condenação a vinte anos de penitenciária, mais medida se segurança e multa, por homicídio qualificado e extorsão mediante sequestro. Logo se desentenderam no começo da visita porque Marilu trouxera os pais e Luciano se negava a enfrentá-los. Apesar do ruído natalino, e da confusão ao longo do pátio, tinham ouvido distintamente um chamado: "Oi, Cabo..." Meses atrás, depois da cerimônia medieval de sua degradação, no quartel da PM, ele ganhara esse apelido: Cabo.

Refletiu sem emoção que era o último encontro com Marilu. Ela lhe dissera numa das visitas: "Que me importa se você sequestrou ou não o menino? Pena que não tivesse dado certo". Brava garota. Instruíra-se rapidamente. E quando os jurados o declararam culpado pela morte de João Sebastião Ribeiro, Beiçola, ela não chegou a enrugar a testa. "Não estou ligando se você matou um vagabundo". Marilu estava pronta para viver sozinha.

Ela aprendera, duramente, que ter culpa era não ter tido sorte. O fato de gostar do marido encampava a sua culpa; mais do que isso, enterrava-a, viva ou morta. Qual o propósito das divagações morais se tudo não passava duma questão de prova? Ela também não tivera sorte. Ele lhe transmitira a culpa de amadurecer naquele trecho do mundo onde nunca se encontra remédio para a realidade.

Ela estava ali, junto a seu homem, adulta por causa dele. No entanto, ele confabulava, era insensato rever dona Vanda e seu Aristides. Luciano, em pleno orgasmo da repressão política, valendo-se do anonimato, da calúnia e da segunda pessoa do plural, "deveis analisar este informe com firmeza patriótica", denunciara-os falsamente à Comissão Estadual de Investigações, "tendes a responsabilidade de varrer da terra brasileira as ideologias importadas que a conspurcam e alguns teimam em fazer medrar em nosso seio", provocando a abertura dum IPM que, se não apurou nada, serviu para condenar seu Aristides a ridículos tiques nervosos e dona Vanda a uma cadeira de rodas.

Baixota, de velhas nádegas fornidas e com uma verruga entre as sobrancelhas, a aparência de dona Vanda teria melhorado muito na cadeira de rodas, pensava Luciano. E lembrava-se dum major do Exército, um torturador místico, que se concedia o prazer de acompanhar a recuperação de suas vítimas na enfermaria, incentivando-as com um fatalismo bíblico e contando piadas até que rissem de terror.

Marilu aconchegou-se a Luciano. Abraçaram-se com força. A algazarra vigiada dos detentos aplaudia o show. Ela sentiu que ele falava alguma coisa.

— Como? — Marilu precisou gritar; uma das mulatas provocara nos presidiários um entusiasmo grotesco.

— Vamos embora — disse Luciano. — Eu quero que

você e seus pais saiam da Casa de Detenção antes do horário.

Marilu não escondeu o desgosto.

— Mas por quê?

— Isto vai virar um pandemônio. Não adianta nada esperar pelo fim da festa.

— Você acha que não?

— Acho. Se estivesse a meu alcance, Marilu, eu teria preservado você de se comprometer com esta inútil e suja romaria de condenados.

— Eu não penso assim. Tudo isto é só uma festa de Natal. Você está aqui comigo.

— Não estou em lugar nenhum. Sou um sentenciado.

Sorrindo amargamente, não tendo onde refugiar-se (por todos os lados a turbulência festiva e tosca daqueles desgraçados), Marilu desviou a sua atenção para as jaulas que se sucediam nas grossas paredes em torno da quadra. Lá se amontoavam os que também não estavam em lugar nenhum, ou pelo menos não estavam onde queriam estar, e demonstravam isso através das grades, algumas com enfeites, emergindo do escuro das celas com a sua expressão invulnerável, álgida, atormentada, alucinada, cínica, debochada, ou melancólica. Incompreensivelmente para Marilu, ela se identificava com eles. Ouviu Luciano consolar:

— Não fique triste.

— Estou tentando.

— Vou conversar um pouco com os seus velhos — ele consentiu. — Só um pouco.

Marilu se animou:

— Verdade?

— Vamos, antes que eu me arrependa.

A cotoveladas, abriram caminho até a entrada da quadra, com Luciano empurrando a gentalha quando lhe convinha, e puxando Marilu pela mão. Pararam, indecisos, no primeiro pilar do galpão, onde a vigilância estava a cargo de policiais fardados. Um deles, de olhar mortífero, atochara um ramalhete de rosas no cano de sua metralhadora. Maldita década de setenta. Foi seu Aristides quem os avistou à distância.

Marilu, com seriedade infantil, rumou ao encontro dos velhos, adiantando-se a Luciano que se embaraçara num grupo onde sobressaía, espantoso, um Papai Noel chinês. Seu Aristides tomou a iniciativa de apertar-lhe a mão e dirigir-lhe a gagueira, cerimoniosamente, aprumando-se num terno de casimira azul com riscas. Dona Vanda atalhou:

— Como vai, Luciano?

— Não me queixo.

Vê-lo com o uniforme da Casa de Detenção, magro e com os cabelos mais curtos, como se por esse modo tivessem confinado o seu orgulho, chocava-a. Ela procurou palavras na certeza de não as encontrar.

— Luciano — disse. — Não queremos impor a nossa

presença.

— Mamãe... — insinuou-se Marilu.

— Eu sou insignificante, Luciano. Não posso fazer nada por você. Eu só queria dizer que acredito na sua inocência.

— Sem discurso, mamãe.

— Eu e Tide também passamos por isso. Conhecemos de perto a injustiça.

Solidário e compungido, seu Aristides agarrava-se aos pegadores da cadeira de rodas, com aflição, concordando com a mulher, agitando a cabeça para livrar-se do assombro e do absurdo. Luciano, medindo a temperatura do próprio suor, calculou que se aquilo não acabasse duma vez, iria manchar a blusa. Qual a melhor maneira de calar professores primários?

— Fiquem sempre juntos — disse. — E muito obrigado por tudo.

Com a ponta dos dedos, Marilu roçou-o na boca, no rosto, no pescoço, tentou abraçar o seu marido para atenuar-lhe a aspereza, mas ao erguer os olhos para o olhar dele, esverdeado e duro, era um criminoso. Então, no meio do Natal dos outros, ela não conseguiu dominar o susto.

— Luciano.

Um guarda colidiu com ele, fraternalmente.

— Boas Festas, Cabo.

A um sinal de dona Vanda, seu Aristides, de leve,

impulsionou a cadeira de rodas. Luciano prendeu Marilu pelos ombros, repelindo-a.

— Vou ser removido amanhã para a Ilha dos Sinos.

— Não. Não pode ser.

— Claro que pode. E será na primeira madrugada após o nascimento do Divino Salvador.

— Mas o advogado recorreu.

— Adeus, Marilu.

— Você perdeu a esperança, Luciano?

— Adeus.

Apagou-a de sua vida com o ato de dar-lhe as costas. Considerou longamente as muralhas, e ao caminhar para elas, já tragado pela multidão torpe e miserável, esmigalhou com o sapato uma guirlanda de Natal.

O GAGO

Acintoso, o último guarda desconfia da cadeira de rodas de dona Vanda. Também os olhos vermelhos de Marilu lhe parecem suspeitos, atrás dos óculos escuros. Após conferir vagarosamente as senhas, sob a mira das sentinelas, ele abre o portão. Componha-se, Marilu, diz Aristides com autoridade. Em silêncio, chegam ao Opala. Ao redor da Casa de Detenção, a festa triste se prolonga com as despedidas e os desmaios. A fumaça dum Volks se insinua pela tarde clara de dezembro. Uma mulher, muito magra e de olhos ávidos, abraçando-se a si mesma, treme e debate-se contra um poste de cimento. Feliz Natal.

Dona Vanda acomoda-se no banco dianteiro do carro, com a ajuda do marido e da filha. Aristides retira os pinos de segurança da cadeira de rodas, dobra-a e ocupa com ela o banco de trás. Marilu não gosta do Opala. Através do vidro, não inteiramente fechado, dona Vanda imagina reconhecer no caminho o Ano Velho, abalando-se por becos e alamedas, um pobre diabo com cheiro de gasolina amarela. Nada de falar na Ilha dos Sinos. Boas Festas.

O Hirata cortou o crédito, diz Marilu friamente. O Jordão Gargalo de Ouro, do estacionamento, que se orgulhava tanto da amizade de Luciano, agora cobra a diária adiantado. Da PM, a não ser o advogado, não apareceu ninguém para dar alguma assistência. Dona Vanda não se surpreende com isso e sorri. Aristides lembra que um soldado, Malacrida, telefonou uma vez. "Se precisar de mim, cidadão, me avise".

Marilu nunca usa a quarta marcha. Certo, não seria este o momento, me perdoe, temos a vida toda para planejar, minha filha, faz tempo que Aristides não se empolga com uma ideia, mas, ele inclina com sobriedade a cabeça, nada obriga você a manter a sua casa de São Paulo. Volte conosco para Santana do Rio Batalha, sugere e explora pelo nome a sedução da cidade. Vou dirigir os preparatórios em janeiro. Preciso duma professora de matemática.

Prometo pensar, diz Marilu. Dona Vanda destrava o fecho da bolsa e puxa um lenço. Chegam ao estacionamento de Gargalo. Ainda não é noite, o portão está aberto. Leve só o necessário, diz o pai. Venda o resto. Venha conosco, Marilu. Param num dos abrigos com teto de zinco. Aristides arma a cadeira de rodas. Dona Vanda está chorando. O que aconteceu, mãe? O que foi, minha velha?

Tide, você não gaguejou uma única vez, dona Vanda esconde o rosto no lenço. Marilu empurra a cadeira de rodas. Sendo seis horas, Ismênia bate o portão.

GRAVAÇÃO CENSURADA

A minha reação foi imediatamente de espanto: só podia ser um engano. Irmãos, estou sendo detido hoje, não por erro de pessoa, mas pela suposição absurda de que minhas convicções expõem o país a perigo. Como provar a este bando vagamente policial que, se não a minha inteligência, o meu instinto de conservação me proíbe ter convicções?

No máximo, produzo ideias mutantes, que confio ao vento para que ele as desfaça. Não sou comunista no Brasil, como não seria keynesiano na União Soviética, por um motivo básico: não sou imbecil, porém, por uns trocados, até me incluiria nessa espécie. Cuidado com os infiéis que apregoam não ser tudo o dinheiro. Eles estarão de olho em tudo.

Só com o alento da verdade sobrevive o rebanho à ausência de seu pastor. Rejeito a acusação de que leso o povo: para isso seria necessário que eu me valesse do direito positivo. Minha palavra, no ar ou no púlpito, não ultrapassa as dobras da tenda onde se refugiam os meus fiéis, não os meus eleitores.

Não sou deletério nem cínico. Dinheiro virgem ou vagina circulante, recebo o que me oferecem. Dou em troca, por exemplo, aos que são tocados pela crença, a água do Rio Jordão, de qualquer charco ou torneira, porém filtrada e serenada pela energia de sete noites de lua cheia. Pois não é, irmãos, que encontraram coliformes fecais nas minhas garrafas? Ora, pior seria se tivessem encontrado a cabeça de João Batista.

Se me permitem o desabafo, não conheci minha mãe, e muito menos meu pai. Logo, não conto com Freud. Acrescento que Deus me basta.

Irmãos, verei o mar pela primeira vez: estou sendo arrastado para a Ilha dos Sinos. Resistirei à tentação de andar sobre as águas e multiplicar os baiacus.

o motim na ilha dos sinos

capítulo 19

DIÁRIO, 1976

Dezembro, 25. Feliz Natal, Cristo, junto aos seus. São os votos dum nostálgico da crença. Eu, um desertor da fé, surpreendo-me a orar.

Recordo que, reduzindo ao mínimo os riscos de meu linchamento, levaram-me para outra cidade, longe de Santana Velha, também num dezembro. Ali, dos que atuaram no Júri, contando curiosos e sádicos, eu era o único que lera Bentham e Beccaria. Era certamente o único que matara doze meninas. Mas um advogado apontou para a cruz e advertiu que o Cristo simbolizava o erro judiciário. Nada impede um mudo de rir. A propósito, peço a Deus que perdoe o demônio e acabe duma vez com o maniqueísmo e outras indulgências. Boas Festas.

Dezembro, 26. Oficialmente, em setembro, os ratos perderam o valor de troca e foram suprimidos da estatística: não há o que a liberdade não consiga: mas a fedentina, no ar ou na lembrança, perdurou até outubro. A censura aos jornais proibiu que se desse qualquer destaque ao incidente da Ilha dos Sinos, ouvi rumores na sala da administração, conversas no refeitório, um agente penitenciário louvou o empenho da ditadura militar em defender a imagem e a autoridade da República, basta de exotismo abaixo do Equador. Isso não inibiu o capitão de escrever o seu relatório.

A história não guardou o nome do primeiro censor. Porém, se os roedores não profanaram a minha biblioteca, por que eu admitiria que esse episódio de nosso kitsch coletivo conturbasse o regime e a imprensa? Homem de resultados, e de caráter, o capitão Lair alterou em favor dos prisioneiros o calendário do banho de sol fora do presídio, incluindo agora o sábado. Todos festejaram, os guardas nem tanto.

Morreram já quatro presos este ano. Pelo menos um deles mereceu pompas funerárias e promessa de saudade. Era um raizeiro do Acre, de voz recatada e gestos sacramentais, que na vida secular, sempre consciencioso e sem constranger a vítima além do necessário, assaltava caminhões e desviava a carga para um depósito em Guarulhos. O enterro preservou no silêncio da tarde algum sentimento e certa compostura. Na estrada, diante da capela do cemitério, Portuga e Rodrigues conspiravam. Rodrigues divide a cela com Tedesco.

A canoa de corticeira ficou pronta em outubro, Tedesco me avisou na praia: a madeira amarelada, "macia ao talho", como afiançara o pescador. Tenho medo: pressinto não só uma fuga.

E Martarrocha curou-se.

Dezembro, 27. Luís Guilherme Braga, de jaqueta ao ombro, sandália, calção azul e bengala, passeou ao sol, hoje pela manhã, sob a vigilância ideológica de Portuga. Ainda custo a acreditar que tenham torturado o sociólogo. Depois, junto aos tanques onde uns presos lavavam roupas, Rodrigues, forte e mediano, de sobrecenho escuro e testa enrugada, encostou-se ao muro para fumar o seu cachimbo e medir com os olhos a paz retangular do presídio. Estranhamente, e com paciência burguesa, Portuga amparava Luís Guilherme.

Nisso, um dos presos da horta começou a podar a hera da muralha. Chamava-se Peixe e matara os donos do sítio onde era caseiro. Com os guardas rondando, por causa do tesourão, o homem utilizava a ferramenta como um predador, arrancando da parede as raízes e deitando abaixo os caules ásperos. Percebi que outro preso, um desconhecido, orientava de perto aquela devastação. Ninguém ali se importava com a hera. Naturalmente, o capitão autorizara a jardinagem, desde que um preso da horta assumisse a tarefa. O desconhecido ia acariciando a folhagem espessa.

Peixe, com a cabeça de viés e mordendo a língua no canto da boca, recortava as folhas contra a parede e limpava as sobras, meticulosamente, quando uma surpresa intrigou os guardas e os prisioneiros, inquietando-os, por mais que não quisessem demonstrar. Do tamanho dum homem, *uma cruz de hera surgira na muralha*. Sem largar o tesourão, Peixe afastou-se até um dos tanques, encheu uma lata e regou a trepadeira. O desconhecido voltou-se para os detentos. Começou a falar.

Irmãos (ele era magro). Meus queridos irmãos (e pardo). Ninguém pregou esta cruz na muralha. Ela nasceu ali e estava escondida na hera. Como o nosso destino, ela veio numa semente (seria alto, ou talvez isso fosse uma ilusão da eloquência). Desbastada, desembaraçada do mato e das pragas, ela se mostra agora como cruz e então podemos carregá-la. Muitas vezes, irmãos, precisamos descobrir a nossa cruz para suportá-la com a consciência exata de nosso esforço (o olhar do desconhecido era manso e castanho, ou verde e assustado, não se acostumara ainda ao rebanho de sentenciados). Não importa de que lado da muralha estejamos, *o passado é sempre uma perda*. Se por impiedade ou culpa causamos essa perda, preparemos os ombros. Lembrem-se, por mais longe que levemos a nossa cruz, ela é parte do peso que nos cabe, não seremos crucificados. Alguém sofreu isso por nós.

Uns detentos debandaram, rindo. Li nos lábios do capitão Lair Matias a suspeita de que um sermão no pátio da torre, mesmo religioso, talvez ofendesse o regulamento. Além disso, o Crente viera como prisioneiro político. Um de seus deveres era calar a boca.

Dezembro, 28. Não apenas o Peixe, outros detentos estão regando a hera e livrando-a de mandorovás. Entretanto muitos desprezam esses cuidados e fingem não ver a cruz. Eu aperto as grades da janela, na biblioteca, e observo o pátio sob o céu claro da manhã. Vejo Portuga de costas, não sei o que ele fala. Acenando com o fuzil, um guarda se comunica com alguém na guarita da torre. Rodrigues prepara o cachimbo e senta-se no rebordo dum tanque: posso traduzir o esgar de seus lábios arroxeados:

"Não tenho confiança em réu primário."

Sem dúvida, refere-se a Tedesco. Volto para a mesa no momento em que o Crente passa sem hesitar pelas ombreiras da porta. Com um vago interesse, ele percorre as prateleiras e as lombadas. Fios brancos repontam nos seus cabelos secos. Nem Marx nem Jesus. Já percebi que Portuga faz questão de desconhecer esse homem. Volvendo-se para o arquivo, devagar, atraído pelas páginas datilografadas do *Diário metafísico*, o Crente me interroga com os olhos, parece que ele quer ler os meus fragmentos, eu não me oponho. Com a pasta na mão, sagaz e curioso, acerca-se da janela. Concentradamente, detém-se na leitura até a hora da contagem. Arruma as folhas na pasta e ajusta o elástico. Diz:

"O que leva um homem que se assina Schopenhauer a cometer doze estupros seguidos de morte?"

Escrevo na pasta:

"Não foram estupros. Foram homicídios."

"Seja", e ele me fixa sem aversão declarada. Diz: "Mas a minha pergunta continua valendo".

Escrevo:

"Sou mudo, portanto isso me interdita o caminho da sedução, da política, do estelionato, da religião, da falsidade e da radiofonia."

Ele me toca o ombro e ri abertamente. Eu tranco a porta, e vamos juntos até a torre. Lá nos separamos.

Dezembro, 31. O Crente voltou à tarde e terminou a leitura do *Diário*. Para os detentos, não para mim, o ano se esgotava sem presságios. Ameaçava uma tempestade, escureceu depressa, e ele me ajudou a fechar as vidraças. Subitamente, enquanto o vento curvava as palmeiras da ilha e eu não sabia como conter a vaidade literária, e certo espanto, o pregador recitou de memória um de meus trechos:

"Sozinho na biblioteca, eu imagino os pensadores e os artistas como os meus detentos. Machado, por exemplo, ocupa trinta e uma celas. O detento Eça, vinte e sete, da penitenciária da Lello, e lustra o monóculo com uma de suas duzentas gravatas. Sócrates não se deixa confinar em nenhuma cela, esse o modo de instalar-se em todas. E estas estampas de Da Vinci, Gauguin, ou Ortega, não seriam cicatrizes que a história transformou em tatuagem perene?"

De costas para a minha surpresa, o Crente sumiu no corredor.

ORLA, 1977

Crente diz a Tedesco:

— Eu usei o seu caso como exemplo numa de minhas parábolas.

Tedesco só enxerga Schopenhauer, e arrasta-o pela viela de areia entre as pedras do canal. Diz:

— Marcamos a fuga para o dia 15 de janeiro. Faltam cinco dias. Hoje eu me despeço de você.

Schopenhauer não controla o tremor. A tarde acalma as águas. Percebe-se o vento pelo cheiro do mar. Crente, ao longe, reconhece uns companheiros da viagem para a ilha. Sabe que o loiro, de músculos treinados e gesto tenso, quase tão alto quanto Tedesco, chama-se Cabo. O outro, de olhar duro, é Sete-Dedos. Tedesco acende um cigarro. Diz ao ouvido de Schopenhauer:

— Estamos enganando uns presos. Portuga encarregou o Rodrigues de organizar um motim. Já garantimos as armas. Enquanto ele toma de assalto o Ubatuba, e distrai a guarda, a nossa canoa zarpa do outro lado dos rochedos. O Rodrigues, se embarcar, será no Ubatuba. Escondemos dele a existência da canoa. Avisei o Ortega. Você e ele não devem sair da cela durante o motim. Intelectuais sempre se escondem debaixo da cama. Adeus, Lourenço.

Não se abraçam. Tedesco se afasta e encontra Cabo e Sete. Casualmente, diz:

— Trago um recado do Portuga para vocês: ele quer uma conversa com os dois na floresta.

Cabo:

— O que tem esse Portuga que me interesse?

Tedesco solta a fumaça para baixo. Diz:

— Uma canoa.

Sete alisa a cicatriz da mão. Tedesco orienta:

— Andem cem metros além do canal. Virem à esquerda e continuem sempre em linha reta.

Schopenhauer e Crente se acercam do oceano. Atrás deles, Elpídio concede alguma atenção a Crente. Distanciam-se agora, com água pela cintura. Na história da ilha, pensa Schopenhauer, quantas vezes os *fuzis* não ajudaram os presos mais perigosos a conseguir uma canoa, só pelo prazer de vê-los sucumbir no Estreito do Inferno? Gritando, aquele animal bronco, Tedesco sai do mar.

De óculos, e apesar de Sete, Portuga dirige-se a Cabo:

— Faltava você.

Benevides aludira a uma missão, recorda Cabo. Isso dificilmente incluiria um criminoso político. Ainda é cedo para se abrir. Sempre ressentido, Sete interrompe:

— Devo ir embora?

— Iremos embora juntos — Portuga se certifica de que ninguém se aproxima pela trilha da praia.

Cabo agacha-se como um militar em campanha. Diz:

— Tedesco me falou duma canoa.

— Com a sua força e a de Tedesco, não tenho dúvida de que com essa canoa poderemos contornar a Queimada Grande.

Sete:

— Seja breve.

— Esta maldita ilha desenvolve no encarcerado uma resignação de que vocês ainda não se contagiaram: acabaram de chegar: só foge daqui quem não sonha com a *yara'raka*.

Sete acomoda-se na forquilha duma amendoeira. Diz:

— Não há preso que não tenha um projeto de fuga.

— Mais do que isso, eu conto com ajuda de fora, *desde que mate um homem no presídio*.

Sorrindo, Cabo impede que a pausa dure mais que o necessário. Diz:

— Como quem apaga uma luz antes de sair?

Sete se irrita.

— Não se acanhem — diz. — Posso ficar conversando à toa dez anos e oito meses.

A suficiência de Portuga tem raízes grossas.

— Planejei aparentemente duas tentativas de evasão — diz. — Uma verdadeira, preparada em segredo. Outra falsa, ostensiva, utilizando os inocentes de sempre. Enquanto, por meio dum motim, um grupo de prisioneiros ataca o barco de mantimentos e desvia para o porto a ação dos guardas e da polícia, estaremos do outro lado da ilha, atrás dos penedos, pondo a canoa para flutuar. Os escalados para fazer o motim ignoram o pormenor da canoa. Acham que todos podem escapar no Ubatuba. Talvez possam. Com armas, chegarão antes da noite ao continente.

Cabo:

— Se o Ubatuba não afundar de tarde.

— Ninguém fugiu daqui numa canoa — lembra Sete.

— Ninguém seguiu o meu itinerário — Portuga olha-o sem desprezo. — Dois remadores fortes como o Tedesco e agora o Cabo conseguem impelir o barco pelas correntes até dar a volta pela Queimada Grande. Quem contorna essa ilha livra-se do Estreito do Inferno.

Desta vez Cabo nada faz para abreviar o silêncio. Parece que, em derredor, o ar pesa na folhagem e a enverga. Sete desencosta-se da amendoeira para enfrentar Portuga. Mostra a cicatriz.

— Por que confiar tudo isso a estranhos? — mexe os dois dedos. — E tão rapidamente?

— A oportunidade inutiliza o conceito de rapidez — o outro corta com astúcia. — Vocês ainda não se contaminaram com os usos da cadeia. Além do mais, convém distinguir entre a confiança e um convite — de presidiário a presidiário — para a participação voluntária num plano de fuga. Avaliando friamente, vocês merecem apenas a cumplicidade no meu crime: é o que estou oferecendo:

cumplicidade num homicídio. Para sair daqui, eu preciso matar um homem e desfigurar o cadáver com feridas de diferentes tamanhos. Empunharemos, portanto, estiletes desiguais, já fabricados na oficina e escondidos na minha cela. Não conto com a confiança de ninguém. De vocês eu só quero a culpa. Ela nos assegura, aos três, não só a fuga, mas a certeza de que fora do presídio não nos veremos nunca mais.

Distraidamente, Sete diz:

— Uma troca.

Cabo pisa em lama familiar e se alegra:

— E Tedesco?

— Músculos não indagam e não replicam.

Cabo resolve:

— Quanto a mim, estou de acordo.

— E quanto a você, rapaz?

— Eu vou pensar — Sete caminha lentamente para a praia. Mas Portuga tem a consciência de que, entre criminosos e políticos, hesitar é aderir.

Olhavam Sete desaparecer além da clareira.

— Agora eu tenho o direito de saber quem você quer apagar. — Cabo levantou-se e espantou uns mosquitos que lhe sujaram a camiseta. Ouviram o rumor da chuva.

— Um resignado — informou Portuga com indiferença e afastou-se pela trilha. Parou: — Escolhemos terça da outra semana. Esteja pronto antes das quatro da tarde. Temos que aproveitar a maré baixa.

— Já estou pronto.

Depois, saindo da mata, Cabo viu Sete nadando na enseada, indo e voltando como se treinasse o fôlego. O vento inflava a camisa de Portuga, perto do canal. Cabo começou a correr ao longo da praia, forçando os tendões, sob o bafo assombroso da tempestade que talvez não caísse.

Seguramente, o homem a ser morto era o capitão Lair Matias. Que tipo de desgaste ele teria suportado a ponto de habilitar-se para a antecipação de seus funerais? A tarefa de Portuga importava tirar Luís Guilherme Braga do presídio: suprimir o capitão era secundário, tanto que para isso o executor dividia a missão, aceitando cúmplices. Cabo chapinhava à beira das águas, num arco de borrifos. Lair não tomava conta nem da mulher dele, dizia-se. Na hipótese de existir um elo entre Benevides e Portuga, eu fui escalado para uma operação secundária; e Portuga, naturalmente, só pode ser um falso terrorista.

Com raiva, Cabo lançou-se ao mar quando a chuva despencava. Mergulhou, o mal das ditaduras é que eram infalíveis, mas não duráveis, ele exagerava o vigor das braçadas, para esgotar-se; agora boiava, e prometeu acabar com Benevides. A chuva ia passar logo. Uma turma de presos regressava à fortaleza: alguns, estúpidos e nus, brincavam na chuva. Cabo acompanhava-os de longe. Mataria Benevides.

O MOTIM

Terça. Terminada a contagem, Schopenhauer e Ortega voltam ao cubículo e batem o trinco da grade. Apossando-se da prancheta e duma resma de papel solto, para desenho, Ortega ocupa o estrado de cima do beliche, o atelier, e sem dizer nada encolhe-se junto à janela. Coloca no parapeito o copo de couro com os lápis. Sente-se a eletricidade do ar: a tarde desce de viés pelas muralhas: os prisioneiros produzem no calçamento uma sombra gestual. Ortega encosta o dorso na parede caiada e suspende os joelhos, onde apoia a prancheta. A um passo da alucinação, espiando pela janela, ele comprime um cotovelo nos amarfanhados da estopa, e rapidamente traça no papel o pátio da torre. Schopenhauer, meio oculto pela cortina do boi, tapa os ouvidos com as mãos quando irrompem — por todos os lados — os tiros e a gritaria do motim. Uma explosão, um cheiro de pólvora, o baque dos pés no corredor e na galeria, ele joga-se no catre.

Ortega desenha, multiplicando no papel uns riscos finos, de espinho. A calma obstinada e cega dos demônios, a arte é a pior das possessões malignas, ele desenha com a onisciência e o fatalismo dos loucos: livra-se das folhas: espalha-as pela cela. Outra explosão. Uns gritos medonhos. Entorpecido, Schopenhauer ergue-se do catre, tem ânsias de covardia e pavor, isto se assemelha a um linchamento, e o suor esfria-lhe as costas. Uns presos se atropelam no corredor, Tedesco surge por trás da turba e avança a socos; os fantasmas de Ortega voam pelos cantos; e segurando facas sujas, Sete, Portuga e Cabo aparecem ao longo da grade e somem.

Contra a parede, já não o preocupa defender-se da surdez e da visão branca do mundo. A paralisia o envolve num ar gelado, os passos da morte não fazem ruído, talvez ela já esteja esfregando os ladrilhos em torno de mim, a *yara'raka*, e Schopenhauer se deixa atrair vagamente pelo fundo nevado e silencioso das gravuras de Ortega. Então, dentro dum desenho amassado, ou num espelho, ele mesmo um borrão a lápis preto e rombudo, Schopenhauer reconhece, alongado e seco, sinistro na sua idiotia, os cabelos à escovinha e o olhar inexato, o Aldrovando Ulhoa. Um prisioneiro retira as botas dum morto. A fumaça encobre a ambos. O Doutor erra pelo pátio com um machado ao ombro. Debaixo dum céu alvadio, ele se dirige ao portão de ferro. Contornando uma fileira de cadáveres, um monte de espinhos negros, a lápis de ponta arisca e aguda, de vez em quando o Doutor suspende o machado e vibra-o sobre os corpos, de presos ou de guardas, ele não escolhe. Mutila-os, indiferentemente, enquanto se aproxima do portão. Uma vertigem, a cabeça de Schopenhauer resvala nas barras da grade, onde a princípio ele se agarra; depois, sem rumo, empurra-a e sai para o corredor. Aos poucos, o alarido da penitenciária toma-o por inteiro: ele responde com uma convulsão: porém a dor, na têmpora, consola-o e o devolve ao presídio, ao motim, ao pesadelo real. Schopenhauer se escora na parede para, obscuramente, atingir a galeria. Percebe que muitos presos não abandonaram as celas. O ruído da rebelião se distancia, os homens estão assaltando o Ubatuba, só pode ser isso.

Gritavam lá fora, os possessos. Schopenhauer parou defronte duma cela aberta, possivelmente vazia; a porta da grade estalou com um estrondo que veio da praia, e chegou a mover-se nos pinos de aço. Porém, os ruídos cessaram. A trégua, cheia de ameaça, cercou-o dum silêncio premonitório. Entrou com cuidado, o barulho recomeçou, e ele viu no catre o que lhe pareceu um monte de roupa, uma tralha qualquer sob o capote militar. Ao puxar o capote pela gola, descobriu o rosto intocado de Luís Guilherme Braga. Atirou ao chão o pesado sobretudo: não havia ferimento nas mãos: o sociólogo não se defendera das estiletadas.

Deu as costas ao morto: deixou a cela e a galeria sem precisar das paredes: caminhou pelo centro do corredor. O choque lhe trouxera de volta os sentidos dispersos pelo medo e pela incompreensão. Portuga assassinara Luís Guilherme com a ajuda dos outros, não de Tedesco, isto era quase certo, o que significava um risco para o meu amigo. Nada posso fazer.

Estava no ar um cheiro de óleo queimado.

Ninguém nas guaritas. Uma fumaça amarga e negra deslocava-se para o oceano. Atrás do último pilar, antes do pátio, ele procurou prever o tempo que consumiria para atingir a base da torre sem ser paralisado por uma bala insensata e uivante. Começou a correr, evitou os feridos e suas lamentações, passou por cima de corpos frios, esfolou-se no cimento, rastejou até a escada da vigia, onde caiu de bruços, o fôlego descompassado e as têmporas latejando. Recuperou-se, e quase de joelhos venceu os degraus para o mirante. Sempre imaginara como seria por dentro aquele hexágono de concreto rude: um antro de janelas retangulares e sem tampas: no meio o holofote sobre o montante giratório: agora uma poça de sangue: caixas de metal azulado: cartucheiras: balas espalhadas: um facão: nenhuma arma de fogo. Nada lhe estimulava o interesse, a não ser um binóculo. Pegou-o entre as mãos desatinadas, esfregou as lentes na aba da camiseta; e na ponta dos pés, ao alcance dum tiro, divisou toda a Ilha dos Sinos. A Queimada Grande.

Tinham implodido o arsenal, fora da penitenciária; isso trincara a muralha do lado sul e fizera desabar um dos telhados do quartel, no pavilhão cinco. Não recolheram, mas cortaram o cabo da âncora, e o Ubatuba adernava, indo à deriva, sem comando e sem amarras. Schopenhauer regulou o binóculo: calculou que tomaram de assalto o batelão uns cem detentos, loucos, brigando a facadas e a tiros pela posse insegura, quase abstrata, dum lugar. No convés, agarrando-se à amurada, e despencando com ela no oceano, continuavam lutando na água como cães estúpidos. O suor manchou as lentes. Schopenhauer limpou-as depressa e ajustou o foco. Alguém foi apanhado pela hélice do barco, e uma perna grotesca e nua aflorou na espuma vermelha. Riram de pavor, e molhados, lívidos, brutos, só acreditavam na salvação pelo egoísmo urgente. Alguns despojavam os pescadores de suas jangadas de madeira podre e logo se aventuravam em busca do continente. Outros partiam abraçando-se a tambores de óleo. Morreriam todos, refletiu Schopenhauer. Não se perdia grande coisa. O incêndio no quartel não afetaria a biblioteca.

— Lourenço — um grito. — Volte para a cela — era Munhoz Ortega. — Isso é suicídio — ele veio pela escada e obrigou-o a proteger-se contra a parede.

Schopenhauer sentou-se no piso áspero e abandonou o binóculo perto do holofote. Ortega alcançou-o e também se expôs a uma bala incerta. Assemelhavam-se a sentinelas que se revezam.

— Quase cinco horas — Ortega olhou pelo binóculo os rochedos e a costa norte da ilha. Disse: — Tedesco e os outros estão aproveitando a vazante. A canoa já desapareceu. Volte para a cela, Lourenço, não saia mais de lá. Eles estão fugindo, Lourenço.

Apertando os joelhos no peito, sem interromper um calafrio e a vigilância do perigo, o olhar perdido, quase apagado no fumo acre, Schopenhauer recordava as atenções de Portuga com Luís Guilherme, a paciência, quando o amparava no pátio ou no tanque, afivelando-lhe um tirante da sandália, coisas assim, ajudando-o a locomover-se e a lidar com os utensílios do almoço ou do café. Chamava-o de Gui, às vezes de Mestre, e penteava-lhe os cabelos em público, sob a ironia castanha de Rodrigues. A paciência, essa virtude dos traidores.

Ele deslizou para a plataforma da escada e foi descendo devagar, colando-se à parede, já sem o propósito de encafuar-se na cela. Avaliou a distância entre a torre e o portão de ferro, e os riscos, caso entendesse de sair da fortaleza, ir ao outro lado da muralha para nada, a não ser, como Ortega, testemunhar um acidente penitenciário que se destinava — por sua natureza — ao esquecimento.

Para o desespero de Ortega, que soltou o binóculo do alto da guarita, Schopenhauer refez serenamente o caminho de Aldrovando Ulhoa até o portão: simples: bastava seguir as mutilações do machado: era só não pisar nas manchas e na animalidade desfigurada. Longe de mim profanar um açougue.

Era o Crente, conseguiu reconhecê-lo apesar da turba que por um momento encobriu o pastor, aos gritos, e quase o arrastava para os penedos. Todo molhado, parecia ter rolado na areia e rasgado a camisa num galho de espinheiro. Parando, como se uma raiz o sustentasse entre os caules vermelhos e rasteiros da vegetação, ele se livrou do rebanho. Um atordoamento, Crente não compreendia o incêndio na casa do diretor. Depois, com lassidão e cansaço, subiu a encosta para a capela. Schopenhauer acompanhou-o de longe.

A CAPELA

A porta dupla, ao abrir-se na direção do altar de pedra, arrastava-se pelos ladrilhos num movimento circular e sibilante. Tantas velas duma devoção contínua, derretidas e acumulando nódoas de cera, foram chamuscando os cantos. Dois respiradouros no formato da cruz, um em cada parede oposta, lembravam seteiras medievais e arejavam a capela. Pela direita entravam as aranhas do cemitério. Agora, à esquerda, poente e ensanguentado, filtrava-se o sol de janeiro. Crente abandonou as mãos no altar. Schopenhauer imobilizou-se entre os batentes da porta. A tarde atravessava a parede encardida e imprimia uma cruz no chão.

Eu quero rezar, gritou o Crente, porém, Senhor, terei direito a esse ato de piedade e de reverência quando duzentos mortos, nesta ilha, abalam-me a contrição e me sufocam a crença? Duzentos mortos, Senhor. Onde encontrar a compaixão e a caridade que lhes foram negadas? Onde? No meu peito devasso? Na minha garganta rouca e ardilosa? Ou aqui, a minha volta, numa penitenciária, nesta capela sórdida? Se eu procuro Deus e encontro duzentos mortos, então, Senhor, esses duzentos mortos são o Deus que eu mereço. Oremos. Que Deus merece tais criaturas? Consultando o ar e o seu cheiro, eu me pergunto se não seriam anjos os vermes necrófilos. Eu quero rezar. Eu quero rezar depressa, antes do sepultamento de minha fé, ou de minha fraude.

Schopenhauer adiantou-se num passo trôpego e levou a mão aos olhos, depois a manga da camiseta. Estavam úmidos, estou chorando, surpreendeu-se. Uma angústia antiga, domada, revoltou-se contra ele, apoderou-se de sua vontade e de suas têmporas, sou humano, como cheguei a tanto?

Se um dia a paz me visitar, Senhor, o Crente abriu os braços, não permita que eu esteja incapacitado de recebê-la. Orava o pregador e uma claridade quase crepuscular atingia-o da cabeça aos pés descalços. Com uma fenda na parede se fez esta cruz, ele disse. Do nada se extraiu um signo. Justo que se adote esse signo como passaporte para o nada.

Mais do que nunca, Schopenhauer desejou o dom da fala. Ele mordia as palavras do reverendo, amassando-as na saliva e num vômito azedo. Eu vou falar. Caiu de joelhos no piso imundo, enquanto, ao redor dum velho castiçal de folha, a luz tornava-se ferruginosa. Sem ruído, ergueu-se, eu vou falar, estava pronto para os gritos de seu inferno privado. Ridículo, e portanto trágico, ele imitava os gestos do Crente.

Meditemos. *Lia-se nos lábios de Schopenhauer o sermão do pregador.* Deixemos por enquanto o homem e cuidemos da formiga buldogue da Austrália. *O olhar de Schopenhauer pendeu sobre um inseto e deteve-se no ladrilho trincado por onde ele passaria.* Senhor, quando se corta ao meio a formiga buldogue da Austrália, um fenômeno acontece, para não dizer milagre: desencadeia-se entre a cabeça e a cauda uma batalha feroz. *Os punhos de Schopenhauer expressavam lances de luta.* A cabeça utiliza as presas para apossar-se da cauda, que se esquiva e reage com vigor, ferrando a cabeça. Pedaços dum corpo único, meu Deus, enfrentam-se até a morte. Separados, repelem a unidade perdida. *Entredevoram-se, caso as outras formigas não os afastem. No chão, abraçando-se, rasgando a roupa e a pele com garras de monstro, debatendo-se alucinadamente, Schopenhauer estertorava.*

Crente voltou-se.

— Lourenço — e sem vacilar apertou-o contra o peito, com força, subjugou-o até compreender a singularidade daquela convulsão. — Quieto — sabia que pela primeira vez como adulto o bibliotecário provava sem remorso o calor dum semelhante. — Cale a boca, Lourenço. Não se atreva a enganar a sua mudez. Acima de tudo, nunca liberte os seus demônios. Você não seria nada sem eles. Quieto. Quieto.

Depois, com a cabeça no ladrilho trincado, e um pouco de sangue nas unhas, na camiseta, Schopenhauer ainda respirava. Crente colocou-o ao ombro e deixou para trás a capela.

QUEIMADA GRANDE

— Posso ir junto? — Aldrovando Ulhoa surgiu por trás do penedo. Envelhecera durante o motim. Os vincos no rosto de cera parda, escuros, assemelhavam-se a cortes de facão afiado. Com esforço, arrastava o machado por um rego de conchas esmagadas, esfregando-o nas pedras. Sob os olhos, bolsas arroxeadas alargavam-se. Ele não encarava ninguém. No cabelo à escovinha, emaranhado e sujo, uma crosta de sangue sugeria o percurso duma bala anônima. O Doutor não firmava a vista sem franzir cansadamente a testa. Disse: — Eu queria fugir com vocês — como quem se desculpa.

Tinham jogado fora os estiletes. Não seria difícil estrangulá-lo. Apenas esperavam a vazante. Ali, cavando o solo depois da falésia, o oceano invadia a mata virgem. Árvores abatidas, ou desenraizadas pela água ou pelos raios, sustentavam bromélias, e apodreciam.

— Leve o machado — decidiu Portuga.

— Você tem dinheiro? — interveio Cabo.

Uma nobreza inata impedia Aldrovando de sucumbir a insinuações vulgares. Além disso, de onde estavam, via-se Elpídio Tedesco lidar com a canoa de corticeira no costão onde começava a praia, uma restinga que a maré baixa logo desdobraria, com ondulações de areia entre a água metálica e a floresta. Compassadamente, o Doutor carregou o machado até lá. De óculos, Portuga espiava o relógio de pulso. Achando inofensivo o Doutor, Sete não comentou nada. Porém, quanto a Cabo, era de outra natureza o seu silêncio. Quando o quinto fugitivo se distanciou, Portuga tirou os óculos e enfiou-os no bolso da camisa, com uma haste para fora. Disse:

— Escutem. Esse imbecil será encontrado morto com os destroços da canoa na Água dos Afogados. Saltaremos bem antes, ao anoitecer, e nadaremos para o continente quando a Queimada Grande estiver a nossa direita.

Cabo:

— Já sabe o que fazer com o Tedesco?

— Preciso do peso dele no barco só até determinado trecho da viagem — explicou Portuga.

Seguiram o Doutor e o alcançaram quando Tedesco já o examinava com hostilidade. Apesar disso, e simulando confiança, rodearam o barco. Eram só quatro remos, Tedesco ruminava seu desagrado com o passageiro inútil. Enquanto o sol morria atrás deles, a aragem enervava as ondas e espalhava a gritaria do porto. Logo ouviriam os motores das lanchas. Os *fuzis* da Guarda Costeira dispensavam a tábua das marés. Não iam demorar. Porra.

— O que falta para a partida? — Sete aborreceu-se.

Tedesco:

— Nada.

— Ponha esse machado na popa — ordenou Portuga

ao Doutor; e ele, com alívio, desembaraçando-se do instrumento, largou-o no soalho da canoa. Havia focos de incêndio em diversos pontos da ilha. O tiroteio, às vezes, parecia muito próximo. Portuga estabeleceu os lugares: ele e o Doutor nos extremos: os outros no meio e remando de costas. Portuga não cedeu ao Doutor nem o remo nem o machado.

Um dos troncos de coqueiro, roliços e secos, que serviriam de esteira para o deslocamento do barco, já estava junto ao casco. Os outros três, formando um caminho móvel, ocupavam a estreita orla. Portuga olhou o relógio.

— Agora vamos — disse friamente.

Empurraram a canoa, alternando os troncos. No mar, Portuga instalou-se na popa e indicou ao Doutor a proa. Riu:

— A nossa carranca.

Riram todos para atrair a sorte. Desde o começo, intuitivamente, remavam com cadência e sincronia. Portuga e Tedesco, um voltado para o outro, enfrentavam o desafio de superar a solidão imensa dos fugitivos. A noite se anunciava sem complacência. Lá estava a Queimada Grande. Necessário desviar-se à esquerda, apesar da corrente. Em cada palmeira da ilha uma *yara'raka* se enrodilhava. A quilha cortava as ondas com velocidade e leveza.

— Mantenham o rumo — gritou Portuga.

Carregavam a roupa do corpo e o suor do medo. Sete

se empenhava com a fúria dos aleijados. A Queimada Grande ia crescendo diante do Doutor. Cabo afundava o remo na água com a consciência tardia de seu erro. Sacrificar um comunista, ou um cavalo, nada o afetava. Mas ser arrastado a isso como um cego, por um terrorista estúpido, ele não se reconhecia. Naturalmente, antes de ser um ativista político, Portuga era um homem perigoso. Benevides não estava por trás da morte de Luís Guilherme. Eu *fui usado*, ele cravava o remo no oceano. Porém, a corrente atormentava a todos, podia jogá-los contra as pedras da Queimada Grande. Como posso fugir se desconheço a minha missão?

— Mais força. Não parem agora.

Foi quando o Doutor viu a *yara'raka*.

— Olhem — gemeu. Portuga interveio:

— Não percam a rota. Vamos.

— Olhem — ele devia ter enlouquecido.

Portuga comandava:

— Para a esquerda. Sempre para a esquerda.

— Eu não vejo nada na ilha — falou Sete.

Descobriram que os cabelos de Aldrovando Ulhoa tinham embranquecido inteiramente. O Doutor não parava de ganir. Ajoelhado na proa, as mãos arroxeadas em torno da travessa, ele não desviava os olhos da *yara'raka*, esticava-se da cintura para cima, gania alto e rouco.

— Carranca — exasperou-se Cabo.

E Tedesco:

— Quem está vendo alguma coisa?

— Vamos — esbravejou Portuga. — Só mesmo um cretino para tremer na frente da *yara'raka* quando os recifes podem acabar já com o nosso barco.

— Estamos conseguindo — disse Tedesco.

O vento erguia a espuma das ondas. Agora ouviam o oceano turvo e não a garganta de Aldrovando Ulhoa. Gaivotas manchavam no ar o poente vermelho. O Doutor, lutando contra um surto de espasmos, ocultava a carranca no fundo da canoa, mordia-se nos braços. Os recifes negros da Queimada Grande, e também da Queimada Pequena, estendiam-se à direita do barco. Quando as pedras ficaram para trás, Portuga trocou o remo pelo machado.

— Para a direita — disse. — Para o continente.

— Já acenderam as luzes da terra — verificou Sete com crueza. — Não podemos errar.

Portuga ergueu um pouco o machado, afastou-o de lado; e agora a meia altura, tomando impulso, girando-o como foice, golpeou brutalmente a cabeça de Tedesco, entre uma orelha e uma têmpora. Só o Doutor não percebeu o baque seco e medonho. O crânio abriu-se como boca, por onde escorreu um vômito latejante. Os ossos prenderam o machado na ferida e Portuga soltou-o. A canoa ameaçou virar. Enquanto Elpídio Tedesco, na queda, arrastava para o mar a ferramenta, uma onda inundou o barco e Portuga reapossou-se do remo.

— Para a terra — gritou. — Para o continente.

Cabo remava sem pensar. Aldrovando Ulhoa, enfiando as pernas sob a travessa, sentou-se de costas para os outros e sacudiu a carranca. Portuga levou o relógio aos olhos. Mais um pouco e as águas do Estreito do Inferno não os alcançariam. Depois, Portuga caiu no oceano e desapareceu. Cabo e Sete deixaram-se envolver também pela água e pela noite. Nadando para o litoral, onde piscavam as luzes da burguesia trêmula e pálida, Cabo descobriu a sua missão: era preciso matar o Portuga.

o motim na ilha dos sinos
capítulo 20

A AUTORIDADE

Na garagem do velho prédio da Brigadeiro Tobias, com o Dodge Charger aproximando-se da escada de tijolos descobertos, abriram-lhe a porta traseira. Manteve a cabeça baixa ao saltar. Puxando o lenço, amarrotou-o na testa e subiu os quatro degraus. O ascensorista o esperava fora do elevador. Sexto andar.

Ouviu no vestíbulo escuro o ruído dos corredores. Evitando o gabinete, onde já na antecâmara a imprensa se atropelava, marrom ou sóbria, caminhou para uma das salas do arquivo morto. Ele precisava refugiar-se. Passando por uma portinhola disfarçada no tabique, trancou-a com o ferrolho. Ali estava abafado. Via-se a tarde pela vidraça cor de garoa. Notou que ainda trazia o lenço na mão. Contornou as gavetas de aço, empoeiradas, penetrou no compartimento e rumou para a escrivaninha. Sentando-se, dobrou afetadamente o lenço e guardou-o no bolso da lapela. Aspirou o ar viciado. Acercou-se do painel:

— Vieram muitos jornalistas?

— Os de sempre, doutor, e alguns cinegrafistas. Só que eles insistem...

— Não estou para ninguém.

— Ok.

— Não anote nenhuma chamada particular. Você entra no esquema da emergência a partir de agora.

Agora, acendendo o cigarro no fogo do último fósforo, amassa entre os dedos a caixa, estilhaça-a, examina com sagacidade a cinza que se esboroa ao redor da brasa. Suspende sobre a escrivaninha a tampa duma pasta de couro, com costuras nas margens, fecha-a depois de ter retirado de dentro uma folha de papel que, alisando nas pontas, ele estende contra o vidro da mesa e se concentra: é a sua foto xerocopiada: o olhar acinzentado e as têmporas grisalhas não aparecem: nem as rugas. Com uma das canetas, ele disca três números no interfone.

— Pronto.

— Marques Ferreira?

— Pois não, doutor.

— Vamos aplicar o organograma D.

— Putz. Não pensei que o caso fosse grave.

— Muito grave — ele preenche os olhos da foto com tinta preta e, desenhando o bigode e a barba, oculta o vazio das têmporas. — O governador não se encontra no Morumbi, até o momento, e o vice só acorda com irritante atraso. Há uma ala de prisioneiros políticos naquela ilha: não devo excluir a hipótese de que o motim encubra uma reação subversiva.

— Barbaridade.

— Ferreira, você levou isso a sério?

— Não. Eu procurei ser gentil.

— Melhor assim — assinala finas rugas azuis na testa e em volta dos olhos e dos zigomas. — Não seja gentil com a imprensa: espalhe a coisa com naturalidade: deixe transpirar.

— Sei.

— Enquanto você aciona o organograma D, eu vou ao Morumbi e de lá ao gabinete do secretário — enrola traços negros na cabeça, encorpa-os numa peruca panther e põe óculos de tinta verde. — Você me acompanha depois.

— Certo.

Desliga. Avivando os lábios em vermelho, faz escorrer um filete de sangue do canto da boca ao colarinho, resvalando pela barba. E em voz neutra:

— Alô.

— Oi.

— Não me espere hoje.

— Outra vez?

— Amanhã cedo eu telefono — arranha no beiço uma das muitas feridas do roxo, dilata-a, um gomo podre.

— Estou tão sozinha.

— Estamos — olha a foto. — Todos estão sozinhos.

— Você não. Sempre no meio de tanta gente.

— Amanhã eu telefono.

Está olhando a fotografia.

CONTINENTE

Abandonamos o barco e o Doutor. Faz duas horas que enfrentamos o mar para atingir o continente, por trás das ilhotas e longe da Água dos Afogados, mas ainda na corrente diabólica do estreito. Ameaça chover. Cada centelha do céu seco reflete no nosso rosto a coragem que inventamos. Agora desaparecemos no oceano. Vamos, Rafael Navarro, não desista. Teríamos matado Gui e Tedesco por nada?

Bem, voltando ao que aconteceu, somos o Portuga, o Cabo e o Sete-Dedos. Temos só o calção na pele e o frio duma sobrevivência possível. Com a maré alta não se veem os penedos desta ilhota, pensa Portuga, o mar deixou os indaiás de fora e encobriu o caminho de pedra que leva a uma praia de Itanhaém, ele se lembra da praia. Portanto, isso mesmo, caímos na Ponta da Espia, mais abaixo, orienta-se Portuga e conclui:

— Estamos muito perto da Água dos Afogados.

Sete:

— Eu me arrumo sozinho.

— Precisamos sair daqui — Portuga não ouve Sete.

— O Sete pode atrasar a fuga — sussurra o Cabo.

— Já passa das onze. Temos que percorrer uns cinco quilômetros ao norte — Portuga estimula o rapaz: — Não se entregue, Navarro.

— Ele está liquidado — o hálito do Cabo traduz uma conivência vacilante.

— Cale essa boca — Portuga toma a dianteira; e de joelhos, ou apenas curvado, vai subindo pela rocha até uma plataforma onde os líquens se espalham. *Meu pai me mandava calar a boca*, o Cabo recorda subitamente. Percebemos no ar e na estrada o movimento da polícia: a sirena psicológica: o clarão dos faróis. De bruços, com a mão aleijada na areia, Sete começa a endireitar o corpo. Enterrada pela metade, a mão parece perfeita. As coisas soterradas iludem. Inspetor de alunos numa escola pública da Vila Gumercindo, medonho e servil, ele me mandava calar a boca, o ódio de Cabo torna-o ofegante, e ele persegue Portuga enquanto ao lado o oceano rumoreja.

Tropeçando ou não, estamos andando para o norte de Camboriú. Carregamos ao ombro o cansaço dos condenados, dos forçados, calcando a areia e uns galhos podres. As ondas enchem de espuma as nossas pegadas. Antes, ao ser expulso das águas para o continente, Sete esfolou a cabeça e o peito na quilha dum recife, abraçando-se a baratas e a mariscos. Por pouco não se afoga. Ahora, hombre, aguente firme. Cale a boca, dizia o meu pai. No escuro, o mar nos acompanha.

— Chegamos — essa é a voz de comando de Portuga.

Sete-Dedos se arrasta até imobilizar-se numa bacia

de líquens. A noite estala com as faíscas. Quando relampeja, os vultos de Sete e Portuga ferem os olhos esverdeados de Cabo, com trágica nitidez. Assim, reaparece o PM Luciano Augusto de Camargo Mendes em posição de sentido no pátio do presídio militar, sob as ordens de quem o degrada com nojo cívico, arrancando-lhe divisas e botões enquanto um tambor dispara e a tropa se posiciona de costas; agora despem-lhe a túnica, aos puxões. Chegamos.

Cabo cruza os braços no peito, endurece-os, vê o chefe deslocar uma pedra. Surge uma fenda no penedo, que ele alarga com as mãos, cavando por baixo a areia acumulada. Ele chega a sumir na fenda, inteiramente. Ao retroceder, traz um saco plástico, uns panos embolados, uma garrafa de conhaque, um cantil, um embrulho de pão seco.

Comemos sem surpresa — já não distinguimos entre a fome e a fadiga — indo a garrafa de boca em boca. Sete-Dedos olha o buraco na rocha. Comenta:

— Cabe um homem aí dentro.

— Cabe um rato — responde Cabo. — Se cabe um rato, cabe um homem.

Sete pensa não ter escutado direito. Diz:

— Há uma diferença.

— Que o buraco esconde — Cabo mastiga uma casca de pão e volta-se a Portuga: — A ajuda de fora se reduz a isto, *chefe*?

SEGUNDO ESCALÃO

No quinto andar, dissipando-se a garoa pelo Largo General Osório, o delegado Marques Ferreira encarou com uma severidade amistosa os policiais sob o seu comando. Ergueu-se e girou a poltrona. Imobilizou-a logo com a mão gorda no respaldo.

— Acomodem-se. Só posso dispor de quinze minutos para dar todas as ordens.

O rascar das cadeiras no carpete seguiu-se a um ou outro pigarro autoritário. Atrás da mesa, no tabique de madeira granulada, o retrato do governador impunha o sorriso oficial. O delegado entrou no assunto:

— Eu sei que cada um de vocês tem um método de investigação e uma teoria sobre como as diligências deveriam ser orientadas neste caso. Para encurtar a conversa, caros colegas, o método e a teoria acabam de ser estabelecidos no gabinete do secretário da Segurança. Tudo já foi planejado. Cabe a mim instruir sem perda de tempo a chefia das equipes.

Com um gesto, Ferreira impediu que o murmúrio tomasse a forma do comentário.

— Por favor. Democracia tem hora.

De pé, apoiando-se contra a ombreira da porta fechada, o investigador Giba observava a falsa firmeza do delegado: uma rapidez de quem não tolera objeções: a pressa de quem teme perguntas. Só quinze minutos para expor — não debater — o esquema duma complicada ação policial. Quinze minutos. E depois? Giba, muito alto, o sinal da armação dos óculos na base do nariz, um jeito de seminarista em férias, estranhava o ar-condicionado da sala. Calculava o que Ferreira iria fazer depois dos quinze minutos. A sauna era sagrada. Molhar a ponta do charuto num licor espanhol era hereditário: parece que o pai de Ferreira, um rotundo desembargador, só fez isso na vida.

Prontidão. Emergência. Comunicação integrada. Escalonamento da autoridade no organograma D. Um fósforo estalou sem interromper coisa alguma.

Foi num bar do Largo do Rosário, na Penha, era noite e o calor persistia.

"Você sempre sabe o que quer, Giba. Não vai ficar muito tempo na polícia."

Estavam na mesa mais próxima do toldo e uma arriscada diligência se encerrara ali perto, num hotel da Rua Comendador Cantinho. A indecisão de Ferreira quase estragara tudo no último instante. O comissário Djacir acabou levando na perna uma bala não programada.

"Venho duma família muito pobre, doutor. Sei o que quero porque não tenho o que preferir."

"Hum. Isso merece um inquérito."

"Este chope culposo", explicou Giba, exausto ao

ponto da confidência. "Eu gosto da polícia".

O delegado riu:

"Considere-se preso em flagrante."

Outro delegado perguntou:

— Quantos mortos?

— Uns duzentos. Pelo que não devemos admitir mais de vinte.

Entretanto, os minutos eram apenas quinze. Giba olhava o mapa e a fumaça dos cigarros. Uma sirena sumiu por trás das paredes e ali estava a garrafa térmica com um café suspeito. Um movimento surdo no corredor. O investigador ia medindo fisicamente a antecipação da vigília.

Logo que a reportagem da TV anunciou o motim, no meio da tarde, Giba tentou explicar a Ferreira um ponto de vista sobre a semelhança entre os levantes da Ilha Anchieta e da Ilha dos Sinos. Estavam no banco de trás da C-14 que voltava da Academia de Polícia. Ferreira pedira pressa ao motorista, um PM taciturno.

"São duas ilhas do Atlântico", atestara o delegado com um humor aborrecido. "De vez em quando eu consulto guias de turismo".

Exatamente como se pensava da Ilha Anchieta, sempre correu a lenda de que a Ilha dos Sinos não precisava ser policiada, porque ninguém seria capaz de atravessar a nado "o espelho movediço do inferno", a corrente do estreito norte que revolve o mar na Baía de

Camboriú e mata os nadadores solitários, atirando-os mais ao sul, contra as pedras dum lugar chamado Água dos Afogados.

"Sem falar na *yara'raka* ilhoa que monta guarda na Queimada Grande", suspirou Ferreira. O motorista ligou a sirena para ultrapassar uma fila de carros. Giba disse:

"Andei estudando esses presídios de segurança máxima."

"Sei", zombou o delegado. "Já me contaram que você aplica muito bem o seu tempo livre. Talvez seja essa a única vantagem de se ganhar um ordenado infame".

Calmo, perseguindo uma ideia enquanto as nuvens do trânsito pairavam entre as lojas da Rebouças, Giba citou um brocardo policial:

"Da Ilha dos Sinos só se foge para morrer". Isso também se propalava sobre a Ilha Anchieta. Chega-se lá pelo Boqueirão, um estreito de águas bravias que nenhum nadador se atreveria a cortar. Porém, na noite de 20 de junho de 1952, o desespero invadiu a lenda e liquidou com ela. Os presos tomaram a ilha, começando por assassinar doze funcionários. Um guarda de presídio, compelido a raciocinar e fazendo-o rapidamente, jogou-se no Boqueirão: o mar o devolveu a seus herdeiros, numa praia de Caraguá, mais morto do que vivo, mas ele sobreviveu.

"Coisa linda", grunhiu Ferreira. Giba esperou que desaparecesse o barulho duma Yamaha acelerada na outra pista da avenida. Propôs:

"Por que um sentenciado da Ilha dos Sinos, frio, refletido, perigoso, com tempo de sobra para imaginar o cerco da Guarda Costeira, o Estreito do Inferno, a Água dos Afogados, e seja, a *yara'raka*, ainda assim tenta escapar da penitenciária?"

"Putz, não provoque os meus conhecimentos gerais, Giba. Eu passei no concurso e ainda consigo rabiscar a cruzinha no ponto certo, pô, não me faça recordar os anseios de liberdade, pô, que às vezes empolgam a mente doentia e tacanha do brasileiro, esse irresponsável, sempre fugindo de alguma coisa ou de algum lugar."

O PM, na direção da viatura, mantinha-se alheio. Giba insistiu:

"Falo sério, doutor."

"Você não faz outra coisa."

"Eu me coloco na pele desses marginais e procuro reagir de acordo."

"Sim. Você quer introduzir o método Stanislavski na investigação criminal."

"Uma fuga em massa, doutor. Eu não acredito que todos tenham enlouquecido."

"Por que não? Você já esteve preso?"

Diante do semáforo, e com as rodas laterais em cima do canteiro, o PM decidiu que alugaria uma TV a cores.

"Escute", atreveu-se o investigador. "O plano foi arquitetado por quem de algum modo achou a evasão possível".

"Só com a ajuda da Guarda Costeira, meu velho."

O PM demonstrou algum interesse pela controvérsia. Alugaria na Vila Guilherme uma TV a cores. Afundou o pedal do freio e quase atingiu a traseira dum carro--guincho. Giba assegurou com tenacidade:

"Basta um desvio a oeste, doutor, na entrada da Baía de Camboriú, e na direção dos recifes. Deixemos para a Marinha a Guarda Costeira. Um desvio a oeste e o nadador alcança uma das praias de Itanhaém."

Ferreira:

"Para isso o nadador deveria sair de trás da ilha, e não do porto, na frente do estreito, onde os amotinados assaltaram um barco."

"Claro que com esse barco ninguém escapa", alertou Giba. "Eu não cometo o erro de confundir os amotinados com o nadador".

O delegado conteve a irritação. Disse:

"E a corrente do estreito? E o mau tempo? E as pedras de Camboriú? E a fadiga desse miserável?"

Na ladeira, o motor da C-14 na segunda marcha, o investigador elevou respeitosamente a voz:

"E o guarda da Ilha Anchieta?"

O PM estacionou a viatura no pátio interno. Giba empurrou a porta e saiu. Ferreira demorou um pouco para deixar o banco. Com impaciência, verificava os bolsos do paletó. Achou um bloco, puxou uma folha, amassou-a. Disse:

"Sempre detestei investigadores com discernimento dedutivo. Eles complicam o boletim de ocorrência e enchem desmedidamente o saco. Mas eu levo a sua teoria ao chefe. Com licença, Giba."

"Por favor", recuou com simplicidade.

Até que os quinze minutos se esticavam, ponderou. Tipo difícil de compreender, esse Roberto Marques Ferreira. Queixava-se da inércia, maldizia os plantões em branco, e quando chegava a hora dum verdadeiro empenho, como este da Ilha dos Sinos, em vez de atirar-se na ação, ele arranjava um jeito de descalçar a bota antes de todos. Não fugia. Não era medroso. Fazia uma ou outra bobagem sem convicção e sem transferência de culpa. Mas queria voltar o mais depressa possível para a rotina.

AJUSTE DE CONTAS

O calor aumentou muito e sentimos a aproximação do temporal. Acima do mar, uma espinha de peixe iluminada, os relâmpagos faiscavam. Portuga verificou na garrafa quanto restava de conhaque: sobrou pão: ainda havia água no cantil.

— Navarro, precisamos ir adiante. Você consegue?

— Não posso — confessou Sete.

— Eles me presentearam com uma faca — ao desdobrar os trapos, Portuga encontrou-a numa mochila de pesca, dessas de transportar iscas.

— Conheço armamento mais eficaz — riu Cabo.

— Eficaz é quem maneja a arma — guardou a faca na cintura e arrolhou a garrafa.

Cabo farejou de perto o perigo. Sete-Dedos era um sujeito calado, nunca um verme lamentoso como o Doutor: ele não se agarraria abjetamente à vida. Portuga desviou o olhar de Cabo para Sete.

— O buraco comporta só um de nós — observou. — Se você, Navarro, suportar duas noites aí dentro, sem se mexer, a polícia pode até não descobrir nada.

— Claro que vai descobrir — interveio Cabo e, de pé, firmou as costas na rocha.

— Feche essa latrina — Portuga desencurvou o torso

calmamente; e Cabo ouviu a voz espessa, um tom desconhecido, frio como fundo de lodo, sim, o perigo tomava a forma do corpo magro daquele comunista, muito esguio, o cabelo preto e escorrido, a pele de papel velho, sim, com qualquer coisa de velado sob a testa. — Meganha porco.

Sem deixar de sorrir, Cabo cuspiu.

— Vamos conversar — ameaçou.

Portuga enrolou a roupa de pescador que Sete--Dedos ia usar e colocou-a no saco plástico. Ocultou-a na abertura do penedo, junto ao cantil, à garrafa e ao embrulho de pão esfarelado. Sete, devagar, sucumbindo ao torpor, debruçou-se e enfiou os pés no buraco. Fincando os cotovelos, raspando a barriga no trecho escavado da areia, escorregou pesadamente. Depois, só com os braços para fora, teve a intenção de se despedir de Cabo e Portuga. Olhou a noite, desapareceu sob a rocha. Portuga moveu a pedra que servia de tampa.

A calça era curta para Cabo. Ele torceu a camisa e segurou-a pelas mangas. A camisa balançou como um pedaço de teresa entre dois nós. Cabo provocou o comunista.

— Eu pretendo acabar com esse ladrão — avisou. — Você esqueceu o código.

Portuga:

— Não esqueci. Só matar quando necessário. Você, por exemplo, não pode permanecer vivo.

Somos o Cabo e o Portuga. Isso irrompeu entre eles como uma fatalidade, e guiava-os, quando uma centelha foi apagar-se no mar. Portuga se calou nessa hora. Cabo retesava a musculatura das pernas sob a calça apertada. Era a missão. Ele sorriu.

Portuga desnudou o brilho da lâmina. Cabo retorceu a camisa, sempre sorrindo:

— A faca. Pensei que você prezasse a igualdade.

— Fique com ela — consentiu Portuga, e abaixando-se, pondo a faca na areia, empurrou-a com o pé na direção do outro. — Agora estamos iguais.

Cabo manteve o sorriso. Porém, alguma coisa fedia, ele pensava, seria o perigo ou o medo, o fermento da morte, o suor no canto do olho, a camisa pendendo como a toalha molhada das sessões de tortura, o clarão por trás de Portuga e a faca no chão, ele pensava depressa enquanto um relâmpago incendiava as brumas e corria num rastro de cavalos roxos, ele pensava com raiva, o vulto imóvel de Portuga contra as faíscas da noite seca e o brilho da lâmina ao alcance da mão.

— Idiota — berrou Cabo.

Agarrou a faca e pulou na garganta de Portuga, pulou como um homem armado de faca, visava à garganta de Portuga.

DILIGÊNCIA

Manobra de viaturas no pátio. Sob a garoa, que se acumulava nas capotas e nos para-brisas, os fotógrafos se preocupavam com os ângulos. Num rodar sombrio e lento, o Dodge Charger deixou a garagem com as lanternas acesas. Quando os rapazes da imprensa cercaram o carro, o homem enviesou o rosto. Através do vidro o olhar acinzentado, ele recostou-se no banco de couro negro, simulava cansaço e ergueu a mão à altura da têmpora grisalha.

— Nada por enquanto — disse.

O governador, em férias, velejando em águas de Paraty ou Cabo Frio, não considerou necessário reassumir o posto. Confiava nos subordinados e na rápida normalização da ordem. "Nunca surge nada de muito grave antes do Carnaval..." Os jornais estampariam na manhã seguinte a histórica declaração, com um flagrante do governador de bermudas e boné, olhando de frente para a objetiva, uma cana de pesca no ombro, e sorrindo sem comprometer a simetria recurva dos dois queixos. Ferreira tomou Giba pelo braço e separaram-se dos demais.

— O vice me sugeriu caldo de galinha.

— Já me acostumei com sanduíche de botequim. O

que aconteceu, doutor?

Entraram na garagem. Foram fotografados perto da coluna de cimento.

— Há uma ameaça de natureza imobiliária — agourou Ferreira. — Recordamos na reunião, com tristeza, que quando funcionava o presídio na Ilha Anchieta, as glebas de Ubatuba não valiam nada. Você se lembra?

— De longe.

— A orla de Ubatuba, Giba, por causa do presídio, tinha o mesmo valor de qualquer quintal de caiçara na Água dos Afogados. Com a desativação, o dinheiro civilizou aquelas praias.

— Sim — desgostou-se o investigador. Caminhando até o fundo, pararam na pequena escada de tijolos descobertos. A um gesto de Ferreira, entediado e azedo, os jornalistas mantiveram-se à distância.

— Meu velho, atente para a coincidência — falou o delegado. — Um grupo de empresários acaba de lotear o hot side de Camboriú.

— Desculpe...

— O lado quente. Se um fugitivo da Ilha dos Sinos for encontrado no loteamento, contrariando os folhetos da publicidade e tornando inseguro um ócio caro, o transtorno vai provocar no mercado o que se chama deságio. Você entende bem esse fenômeno, Giba? Deságio é o prejuízo dos ricos, e portanto uma calamidade.

Outro flash. Depois a sirena.

— Sou apenas um investigador de polícia.

— E eu sempre cumpro o meu dever: zelo pela minha carreira e não ponho em risco as minhas promoções.

— Bom. E quanto à diligência?

— Não se apresse, Giba. Você integra a equipe 8, sob o meu comando imediato. Mesmo que um presidiário seja apanhado a oeste da Baía de Camboriú, para todos os efeitos ele foi caçado e detido ao sul, na Água dos Afogados, na BR-116, atrás duma bananeira, em cima dum coqueiro, no ventre duma baleia, numa lata de sardinha, mas — em nome da lei — sempre ao sul. Fui claro?

— Sem dúvida. Vou levar o Camilo Gomes comigo.

— Leve também um creme de bronzear. Quanto tempo faz que você não pega uma praia?

— Estou muito magro, doutor. Não tenho onde esfregar o creme.

— Esfregue na coronha do revólver.

Dois tiras bebem café na cantina:

— Eu pensei que o grande homem fosse com a gente.

— Não. Ele não ia perder outra oportunidade de mandar o corno para longe de São Paulo.

— Hem?

— O grande homem prefere chefiar diretamente da cama com a mulher do Ferreira.

— Puta língua.

— Sem vexame, irmão. Todos sabem.

— Menos o consorte.

— Pois você se engana. Ele fez carreira no forno da mulher. Pena que a minha seja corcunda e vesga.

— Tem quem goste.

— Exatamente por isso eu continuo na luta.

ITANHAÉM

Menos duma hora depois do motim, a Polícia Rodoviária reforçava os postos de Peruíbe até Ana Dias. O policiamento integrado, com guarnições equipadas para uma guerra, deslocou-se ao longo da Pedro Taques e da Manuel da Nóbrega. Era janeiro. PMs ocuparam o posto do pedágio da Imigrantes e persuadiram os veranistas a desistir da viagem para o litoral. Insinuava-se que Fidel desembarcara na ilha.

— Quem quer água gelada? Há um tanque soviético na contramão — disse um estudante de engenharia.

— Quieto, irresponsável.

Paralisou-se o trânsito na serra. Na Anchieta, e até na Estrada Velha do Mar, ciclistas e pilotos de moto foram obrigados a parar no acostamento. Só se liberavam os ônibus após demorada revista. Citaram Pearl Harbor.

À noite, na orla de Camboriú, a equipe 8 estendeu a blitz até o Rancho do Robalo. Um cabo e dois soldados acharam necessário danificar o portão do depósito e invadir o quintal. Os outros iniciaram a operação pela esplanada do bar-restaurante, examinando os documentos duns rapazes com tralha de campismo. Sardinha na brasa, identificou o robusto Camilo Gomes em diligência involuntária.

— O que pode o engenho humano — ele suspirou.

— Vamos embora — disse Giba.

Só tarde da noite puderam deixar a delegacia de Itanhaém. Tinham ficado algum tempo na sala do controle onde o delegado Ferreira ditava instruções, e espantado, limpando o suor do pescoço, olhava o dia correr no relógio de pulso. As equipes começavam a transmitir sinais de Peruíbe até a Baía de Camboriú. Gomes experimentou um chapéu mexicano.

— Que tal o meu disfarce de pescador? Giba respondeu:

— Pensei que fosse um disfarce de mexicano.

— Nesta lata, companheiro, minhocas e *corruptos* cederam o lugar a sanduíches — Gomes era previdente.

Tipos apressados se acotovelavam por ali. Giba deduzia que aquela gente, na maioria, não ia a parte alguma. O delegado-titular de Itanhaém, Clóvis, compensava a invasão de seus domínios falando grosso ao telefone: ele sofria com o barulho da descarga no sanitário. Difícil descobrir o que fazia junto à porta, parado, o sargento ruivo com uma pasta 007 debaixo do braço. Bem como um civil de colete e anel com uma caveira de ônix, apoiado sobre o seu paletó no balcão e rabiscando números nos espaços dum jornal. Os radialistas da baixada tomavam providências afetuosas e se queixavam:

— Ninguém se lembrou de reservar uma sala para a imprensa. Quem sabe, na próxima rebelião?

— Sargento, por favor, não tropece na aparelhagem.

Coloquiais e sorrateiros, testando gravadores, microfones, fios, tomadas, eles perseguiam as notícias e iam avançando. "Como sempre a Difusora transmite diretamente do quartel-general do fato. O motim aconteceu por volta das cinco horas da tarde. Depois de quase seis horas, ainda não se esclareceu quantas pessoas morreram no trágico incidente. Os detentos trocaram tiros com os guardas. Quem teria armado os marginais? Fala-se em fuzis de procedência estrangeira. Segundo informes por enquanto imprecisos, os amotinados se apossaram dum barco de cabotagem e disputaram sangrentamente as acomodações para a travessia. Mas, para muitos, o caminho que ao menos por um momento os livraria da prisão, levou-os à morte. Incendiou-se o barco. Alguns reclusos tentaram ainda a fuga a nado, ou sobraçando tambores de óleo. Outros, subjugando pescadores, conseguiram sair da ilha com duas ou três embarcações, velhas canoas de precária segurança. Por isso estaremos com vocês dentro de instantes na Água dos Afogados. Alô Djair..."

Giba e Camilo Gomes saíram da delegacia. Surgiu na esquina uma perua da TV Bandeirantes. Gomes abanou-se com o sombrero.

— Hoje não concedo autógrafos — declarou.

Entraram numa travessa arborizada com seringueiras e hibiscos. Gomes abriu o Volks, e Giba examinou as varas de pescar que o PM Ivo, de Itanhaém, amarrara no bagageiro.

— Tudo pronto para a pescaria — Camilo Gomes jogou o chapéu no banco traseiro e apalpou o coldre.

NADA IMPORTANTE

Não telefona de manhã cedo. Ainda se surpreende com a tepidez da toalha felpuda após a ducha. Segundo o telex, morreram trinta e cinco guardas de presídio. O vapor embaça o espelho do banheiro e ele pensa na entrevista coletiva às dez. Até agora duzentos mortos entre os presos da Ilha dos Sinos. Imagina os amotinados usando o último alento contra o cerco das águas. Na pia, a espuma quase seca do sabonete. Com indulgência, passando a ponta da toalha no espelho, distingue no meio da névoa o olhar acinzentado e as têmporas grisalhas. Enquanto isso, Marques Ferreira, o chifre bem-nascido, consolida o seu prestígio em Itanhaém.

Enxuga-se. Ainda confia na arte da cueca branca e do anel de grau, com talco nos pés, e na magia da meia preta e do cordão trançado no sapato de biqueira lustrosa. Não telefona. A polícia espera outros mortos na Água dos Afogados.

O motorista do Dodge Charger deixa-o numa travessa do Jardim Paulista, sob uma tipuana de tronco úmido e resina vermelha. De óculos e com o lenço no nariz, ele circunda a praça e chega ao vestíbulo gradeado dum edifício. A garoa desliza pela parede de vidro. As dracenas, no canteiro de grama junto ao muro, tremem no ar lavado. Ninguém no hall da escadaria. Dando a volta pelos vasos brancos, de amianto, ele evita os elevadores e sobe pelos degraus de granito ao segundo andar. Tem na mão a chave do apartamento. Entra, e sem ruído, com a impressão de ter pisado na penumbra, fecha a porta.

Despe o paletó e coloca-o no espaldar da poltrona-concha. Sentando-se, desfaz o nó da gravata. Demoradamente, puxa-a antes de tirar os sapatos. O barrado da cortina pende sobre o carpete. Duzentos mortos com a boca brilhando no oceano noturno. Depois de girar o pino da abotoadura, ele dobra o punho da camisa até o antebraço. Anda pela sala e pensa na entrevista coletiva às dez. No quarto, vendo a cabeleira loura no travesseiro, ajoelha-se na cama de casal. Sabe que a mulher dorme nua sob a coberta, e Ferreira, longe, farta-se de merecimento.

Ele a descobre por inteiro e avidamente recolhe o hálito de seu sono, primeiro, e depois o susto.

— Você não telefonou.

— Não — preenche as coxas com o tremor da mão e, desenhando a marca dum dente, oculta-a na saliva.

— Não tem perigo? Ele não vem?

— Não. Nenhum perigo — lança os traços da unha a partir da nuca e, lento percurso, agrupa-os na sombra. A mulher compõe com toda a nudez a expressão dum grunhido, sem soltá-lo, vira-se no lençol, desgarra-se, pega-o pelo pescoço e o repele. Então, atraindo-o, encontram-se na beira da cama. Avivando os lábios em vermelho, o cheiro alertado, as pernas ao redor do ombro dele, afinal ela grita e também por dentro se dilata, um gomo sôfrego.

Param. Ela pede:

— Quero tomar um banho.

— Hum — ele tira a roupa e espalha as peças no quarto e na sala, não a cueca branca, serve-se de uísque e vai esperá-la na poltrona-concha.

Enrolada na toalha:

— Ouvi qualquer coisa a respeito duma fuga de presos.

Com o copo de uísque:

— Você me arruma gelo?

— Sim. Mas o que aconteceu?

— Nada — ele diz. — Nada importante.

NAVARRO

Apenas com a noite alta veio a tempestade. O mar espalhou a escuridão pelas frestas do esconderijo. Abrindo os olhos, Rafael espantou a sonolência e o medo. Engoliu o último pedaço de pão molhado. Quase não se lembrava de Gui. O remorso era um passatempo burguês, ouvira Portuga dizer isso.

Rafael, empurrando a pedra com o ombro, manteve os pés no fundo limoso, como se pisasse em cobras; depois, impulsionou o corpo para a plataforma. Ali estava um aguaceiro de esfolar tatuagem. Buscando no chão o apoio gretado das pedras, com cuidado, ele se arrastou até a beira do despenhadeiro. O mar, dando socos no penedo, alastrava brilhos metálicos entre as rochas. Nu, de joelhos, o ombro numa parede de líquens, Rafael tomava chuva.

A sirena. O foco vermelho na capota. O ranger do breque no asfalto oleoso e os faróis na sarjeta. Jogar-se rapidamente de bruços e encolher-se enquanto os ratos elaboram uma faiscação miúda pelos cantos de que antiga casa? Toda a atenção no ponteiro do relógio parado. A voz saindo do megafone: "Sete-Dedos, entregue-se..." Aldo Fiori fechara o cerco. O aguaceiro tornou a cair com estrondo. Ainda não era a polícia: nem os faróis de milha contra o penedo: era o cansaço. Rafael levantou-se e cambaleou até a praia: enterrou os joelhos no chão empapado: sentou-se entre os calcanhares. A areia abria-se, sugava-o pelas pernas, a friagem tateante ia envolvendo o seu corpo. Já não sentia a memória. Balbuciou palavras de significado fugidio: "Somos o que recordamos", Floripes não perdia novela de rádio.

Com esforço, ergueu um pouco a mão mutilada, bem na frente dos olhos. Pressionando a cicatriz contra a testa, a têmpora, a boca, os cabelos, viu a chuva distanciar-se cor de cinza sobre o oceano. Quando sobreveio um silêncio de tiroteio cessado, Rafael Navarro, pondo-se em pé e alongando o torso, massageou os braços e as coxas.

Ficou ante a porta do quarto. Com a tempestade, rodando um poste na Praça Nossa Senhora das Vitórias, o bairro estava sem luz desde o começo da noite. Vinha pela fresta uma claridade de vela. Floripes apareceu nua. A vela numa tampa de lata de cera, em cima do criado-mudo, Floripes de costas para Rafael, na cama a toalha e a roupa. A pele de Floripes absorvia a chama. Andando lerdamente, curvou-se, puxou uma gaveta.

Rafael ouviu o estalar do assoalho. Ela revolvia os cabelos, trazia na mão uma fita, apanhou a escova sobre o cobertor dobrado e deteve-se diante do espelho. No seio, um tom de fogo; olhando, Rafael ia engolindo com a saliva o medo fascinado. Floripes escovou os cabelos.

Confundindo-se com o escuro, as sombras do corpo resvalavam pelo contorno das formas soltas. Rafael se assustava, se ela perceber a minha respiração, o bolso da camisa se enganchou no batente, não sabia como, rasgando-se. Floripes apertou-se na calcinha e vestiu uma combinação de alças puídas. Enfiando o cigarro na boca, procurou com o pé a sandália, aproximou do rosto a vela gotejante.

Muito mais tarde, naquele quarto, Rafael deitou-se no beliche e desamarrou o tênis. O que você quer, Jacira? Mordeu-a no peitinho, ela riu, isso não, rolaram na colcha, não faça assim, abrindo-se a areia por baixo, essa barba me espetando, sugou-o, eu desmaio, agarrou o pescoço dele, acalmou-se chorando no travesseiro e dormiu de vergonha.

A madrugada foi iluminando aos poucos a fileira de mortos na Água dos Afogados. Contamos trinta e cinco ao longo da orla, com lanhos azuis na pele e a espuma secando nos lábios. Alô Djair. Agora a blitz ameaçava os rapazes da imprensa. Nada de fotografias. Aguardem a verdade oficial. Conseguimos distribuir a carga de corpos em três caminhões do Exército. Houve quem dissesse que uma viatura bastava. Até este momento, quatro horas da manhã, a caçada perdurava na floresta e na rodovia. Voltamos a transmitir de nossos estúdios. A canoa de corticeira se arrebentou contra um recife e encalhou num fosso rochoso. O homem, de borco na areia, esfolara-se na vegetação e nas pedras. Tinha uma bermuda cáqui: a camisa de brim era um trapo. Por trás de seus inchaços sangrentos se concentrava a dor que ele teimava em prender entre os dentes cerrados.

— Nenhuma fratura — atestou Giba.

Gomes permaneceu com o Colt na mão. Disse:

— Você veio sozinho? — e examinou os arredores.

Um dos helicópteros retornava de Peruíbe para Itanhaém. O motor apavorou o fugitivo. Um tremor agitou-o e ele se retraiu. Semelhava um feto grisalho, pardo e de unhas roxas.

— Não cometi nenhum crime — respondeu com voz rouca. — Eles já estavam mortos. Eu não tenho culpa de nada. Todos eles já estavam mortos.

— Sim. Claro.

Aceitou ajuda para levantar-se, era muito magro e da altura de Giba; trazia os cabelos cortados à escovinha, brancos, debaixo da sujeira e do sangue. Arregalou o olhar vidrado:

— Já estavam mortos. Eu não cometi nenhum crime.

O delegado Ferreira esfregou o lenço no queixo, na testa, atrás das orelhas, sentia o pescoço arder. Afundou-se no banco do Opala. Disse irritadamente:

— Eu faço plantão esta noite em Itanhaém — ordenou ao motorista que seguisse logo pela praia e avisou Giba: — A operação no litoral se encerra amanhã ao meio-dia. Ciao.

— E depois, doutor?

— Depois as delegacias locais retomam a capacidade plena. Ciao.

— Até logo, doutor.

As outras viaturas se afastaram num estrépito de motores e sirenas. Camilo Gomes e Giba voltaram ao Rancho do Robalo para encher de café a garrafa-térmica. Giba tirou a carteira:

— Quanto?

— Por favor — resignou-se o dono.

Gomes encaminhou-se para a porta. Desamarrotando no balcão uma cédula de cinquenta, Giba pagou a despesa e conferiu o troco. Encontrou-se com Gomes na esplanada vazia do restaurante. O vento da tarde espalhava folhas entre as mesas de pedra e mexia numa sebe de hibiscos. Quando começou a chover, correram para o Volks.

Gomes dividiu com as mãos os cabelos molhados, lisos, puxou-os nas têmporas, ia espreitando com os olhos miúdos a chegada duma noite longa. Giba dirigira com o carro espadanando água desde a Baía de Camboriú até um dos bairros velhos de Itanhaém, perto do Náutico, por onde se entrava na Praia dos Pescadores. Parou numa rua arborizada e desligou o motor. A enxurrada alastrava-se numa lama cinzenta sobre o passeio e as lajotas da pista.

— Não se enxerga nada com essa chuva.

Resolveram adiar o giro pela praia. Nada aconteceu durante os cigarros. Tomaram café. Acenderam a lanterna de pilha e testaram o radiocomunicador. Na vez de Giba dormir, de madrugada, Gomes guiou o Volks para a avenida costeira e estacionou sob um pinheiro, além das barracas de peixe. O vento fazia vibrar as canas de pesca na capota, fortemente atadas entre as presilhas do bagageiro. Já se distinguia a curva dos morros, um cinza-avermelhado no céu, e em algumas casas as janelas se iluminaram. A chuva passara, e Gomes quis esticar as pernas na praia ainda escura.

Vieram os pescadores. Um homem abraçou-se à quilha dum barco e empurrou-o para o mar, sobre uns galhos roliços, alcatroados. Giba estremunhou:

— Tudo bem? — saiu. Molhando o rosto com um pouco de água mineral, tirou o blusão e pôs na cabeça um boné de brim. Depois, encostando-se ao Volks, observou a trava do molinete. Disse:

— Isto emperrou.

Gomes espiava um barco-pesqueiro.

Rafael, já enxergando as pedras, tornou ao abrigo. Deitado de costas, os pés tateando no fundo a sacola de plástico, ele cerrou os dentes no gargalo. Nada. Jogou fora a garrafa de conhaque e veio trazendo devagar a sacola com o peito do pé. O cantil também estava seco. Rafael descansou a cabeça no plástico limoso e frio. Depois, esgueirando-se para a plataforma, vomitou uma gosma esbranquiçada e amarga. A tontura vai tomar conta de mim. Com a mão de dois dedos, ele arrebentou a sacola e desenrolou uma roupa de pescador. Não. Eu não vou desmaiar agora. Amanhecia. Adios, buraco. Cabo e Portuga já estariam longe. Eles eram hábeis com faca de ponta. Adios, Gui. Eu furei um corpo morto, hombre, não me culpe, e da próxima vez escolha melhor os seus inimigos.

Arranjou-se com os trapos. Enfiou o pescoço no tirante do cantil. De que sacana seria este boné cheirando a peixe podre? Elpidião não ia caber no buraco. Adios. Adios. O calção com uma cinta de barbante trançado e esta sunga amarelada e áspera, gracias. Amanhecia depressa. Sete-Dedos enrolou a camisa e deixou-a ao ombro, debaixo do tirante.

Estava na praia. Ao vento, resguardando junto ao cantil a mão de dois dedos, ele caminhava pelas estrias úmidas da areia. Ouvindo o arfar do oceano, ajeitou a pala do boné, não um desafio, só um gesto confusamente recordado. Ia andando. Lá, num charco arenoso, no meio da vegetação que o mar trouxera das ilhas, ele viu uma espuma esverdeada. Um pouco mais perto, não era espuma, era um brinquedo de borracha, uma bola de gomos rasgados, talvez, parecia um peixe, um peixe de borracha, sim, era um peixe de borracha. Ele ficou olhando o peixe, vergou o torso, um peixe perfeito, virou-o com a mão, assim viu o sangue entre as nadadeiras, as gotas dum sangue escuro, era um peixe, um peixe de verdade, um pequeno cação que não suportara conviver com o esgoto do mar e então surgira na praia, morto, num charco de bolhas negras.

Mas não podia perder tempo com aquilo. Ia seguindo pela praia, ainda que curvado por causa do vento. Afastava-se, e quando olhou para trás para endireitar o boné, parecia um peixe de borracha, deu-lhe as costas, o boné quase caiu, e voltando-se chegou a esbarrar o cantil na água, era uma bola de gomos rasgados, agora outra vez a espuma esverdeada.

Os pescadores começaram a chegar. Ao longe, na orla da enseada, a neblina camuflava o mato espesso. Perto duma tenda, o vento batia; na areia alvacenta e sobre a estiva, um homem colocou o ombro na quilha dum barco e forcejou-o para o mar. Depois, correndo adiante, foi trocando a posição dos roletes para recompor a esteira.

Rafael notava o suor frio sob o boné. De repente, o mundo não era a Ilha dos Sinos. O rumo não terminava nas barras de ferro ou na *yara'raka*. O espaço não tinha paredes. Então, por que tremia a mão de dois dedos? Nada mais que pescadores e gaivotas. Rafael respirou o ar lavado. Sentia-o como um inimigo livre e sem contorno, que abria a guarda para uma traição limpa, mostrando-se em derredor, de modo a insinuar por todos os ângulos o rosto inviolado e no entanto transparente.

Isso o atordoava. Ele olhou o Volks daqueles pescadores. Encostado ao capô do porta-malas, com um boné de pano e uma camiseta encolhida, o pescador mais alto fazia girar o molinete. O outro, amorenado e sem pelos, uma banha citadina a descair preguiçosamente, os cabelos lisos e pretos sobre os olhos miúdos, vendo dali um barco-pesqueiro no oceano (ou Sete-Dedos que se aproximava), sustinha pela aba um chapéu mexicano. O mais alto parou de lidar com o molinete.

A MISSÃO

Acharam um cadáver na Praia dos Pescadores. Com a vazante, o oceano recolheu a espuma das pedras negras e descobriu o morto. A enseada estava deserta, mas a operação, que incluía o isolamento da área até Mongaguá, terminaria às doze horas.

— Faltam dez minutos — gesticulou Marques Ferreira e acercou-se, de Giba. — Como esse corpo apareceu tão longe da Água dos Afogados?

— Acho que foi atingido também a golpes de faca — o investigador o observava a frio. — Deve ter rolado daquele despenhadeiro. Depois o mar o devolveu.

O delegado tomava o cuidado de não escorregar. A nudez branca e azulada do morto cabia no côncavo do penedo, uma bacia de líquens, o braço para fora e a mão sangrando no ar. Os músculos ainda retinham a tensão do último esforço.

— Acabe com isso — disse Ferreira. — Chame o Gomes e vamos embora.

— Veja, doutor. Arrancaram os olhos e as orelhas do homem. Melhor não comer peixe nesta temporada.

— Ande logo, Giba. Não perturbe o meu almoço — o delegado reparou nas feridas lavadas e abertas do cadáver. Desviou a face e, com os dedos em pala, viu uma catraia contornar o penhasco.

Giba subiu pela trilha no meio das rochas. Voltou com Camilo Gomes. Estenderam a lona e prepararam o fardo que conduziram para a C-14 e daí para o sul da Baía de Camboriú. Disse Giba:

— Pesado.

— Mais depressa — exigiu Ferreira.

Lá, na Água dos Afogados, na esteira da morte indigente e à sombra dum camburão do IML, abriram a lona e derrubaram o corpo na areia, junto às raízes duma amendoeira alta e velha. O homem foi fotografado, peritos retiraram as impressões datiloscópicas para a identificação.

Contudo, sem falar nada a ninguém, e livrando-se daquele chapéu ridículo, Gomes reconhecera Luciano Augusto de Camargo Mendes, o Cabo, expulso da Polícia Militar e degradado segundo os costumes.

Marques Ferreira despediu-se:

— Uma boa tarde a todos.

o motim na ilha dos sinos

capítulo 21

DIÁRIO, 1977

Fevereiro, 23. Huxley retira de Shakespeare o título para um romance: *Time must have a stop*. Os livros da biblioteca permanecem intactos, apesar dos muitos roedores. Estarei eu intacto? A minha loucura sazonal atinge o tempo, contamina-o, e para mim ele interrompe o seu curso. Então, sinos imaginários me levam ao espasmo e a uma apatia tenebrosa.

No dia do motim, a sobrevivência de cada um dos presos dependia do minuto-limite. Para compreender isto seria necessário enfrentar com Dostoievski um pelotão de fuzilamento e receber a notícia da comutação da pena depois dos tiros. Essa qualidade da angústia sempre me faz ouvir os sinos. Foi isso que aconteceu na capela do cemitério.

Fevereiro, 23. Quanto ao Crente, devemos a vida um ao outro. Ele me levantou do chão e escancarou a porta. Pondo o ombro na minha cintura, dobrou-me como um fardo mole e, endireitando-se fatigadamente, saiu comigo às costas, as pernas dum lado e os braços do outro, balançando-se. Fomos descendo o morro. Não seria improvável que o reverendo me usasse como escudo contra as balas perdidas. No portão da fortaleza, um soldado parvo e heroico, desses que metralham qualquer coisa que se mova num raio de cem metros, hesitou ao ver um homem carregando outro ao ombro, no meio da fumaça e da gritaria. Como o tempo, o soldado parou. Seria um impulso da consciência? Ou a trava da metralhadora?

O Crente, um esqueleto. Eu, aparentemente morto. O militar economizou a munição, mas não as pragas. Entramos no presídio.

Fevereiro, 23. Um tiro de fuzil entre os olhos, à queima-roupa e durante o motim, matou o capitão Lair Matias. Isso livrou-o de elaborar relatórios e entrevistar-se com inquisidores do Exército e jornalistas credenciados. Quem teria assassinado o diretor? Quem poderia ter-se aproximado tanto dele para surpreendê-lo com esse tipo de disparo? Misericórdia política?

Suspeitosamente, a morte de Lair Matias isentou o regime militar de alongar-se no comunicado oficial sobre "o acidente do marxismo cego e ateu que acabou por vitimar também um de seus paladinos, o detento Luís Guilherme Braga, um dos causadores do episódio".

No confronto, o capitão saiu para a galeria de nossos mitos históricos: tem um lugar à direita do alferes e dará o nome a um beco. O corpo do sociólogo Luís Guilherme Braga foi posto numa urna de chumbo em São Paulo, lacrada, e entregue aos familiares já no Cemitério da Consolação. O policiamento evitou dores indesejáveis.

Fevereiro, 23. Entre os prisioneiros, a maioria não

tinha família que se importasse com um corpo, ainda que tatuado pela perícia de Diabo-Loiro; nem causídico de bairro que alertasse para a conveniência desses laços no momento sagrado da indenização.

A censura reservou para o registro do motim duas colunas da quinta página dos diários, tão-só, e autorizando moderadamente o lamento duns trinta mortos até agora, e era o bastante, recomendou para o assunto — sob as penas da lei — patriotismo e esquecimento. Na verdade, o lote de corpos ultrapassou a casa dos trezentos. E isso não inclui, por exemplo, o Gaúcho, cortado ao meio pela metralha quando, nu e com as mãos na cabeça, procurava retornar ao presídio.

Li em alguma boca que dois dias depois do motim uma rajada de Ina decapitou um xerife, o Duque, em plena corrida para a fortaleza. O corpo atravessou o portão de ferro: a cabeça não.

Com a ausência do capitão Lair Matias, ocorreu a uns guardas, nostalgicamente, a ideia de regredir a um velho costume penitenciário da Ilha Anchieta, "a sessão espírita". Todos com umbigo de boi na mão, ou cassetete de ipê, uns dez guardas exercitam os músculos e a argúcia formando um círculo em torno do preso a ser amaciado. Ele apanha quando tenta fugir. Se não tentar, morre com uma bala na nuca. Aceitam-se apostas.

Ontem de manhã pude ver Rodrigues defender-se com selvageria desse suplício: e também Sete-Dedos, cujo senso de fatalidade criou nele uma sombria resistência. Hoje foi a vez do Doutor. Na roda, estranhando a própria nudez, trágica e magra, e sangrando logo com a primeira vergastada, ele demonstrava não sentir ou entender a tortura. Ia tropeçando dum lado para outro.

"Não tive nenhuma culpa", observou com austeridade e convicção. "Todos eles já estavam mortos", ele argumentava e parecia indiferente à dor. "Eu tenho absoluta certeza", as rugas na testa provavam o rigor de seu raciocínio. "Estavam mortos", ia explicando gravemente a cada um dos agressores. "Já estavam mortos".

Fevereiro, 23. Espero que Tedesco tenha escapado.

Fevereiro, 23. Isto talvez seja uma lenda: alguns detentos que a Polícia Marítima levou no seu barco de casco branco nunca mais regressaram: teriam sido feridos levemente, de propósito, para que o sangue atraísse os tubarões, e abandonados nas águas da enseada. Disse Munhoz Ortega que o cação, quando ataca, sempre esfacelando a vítima de baixo para cima, espalha um cheiro de melancia podre.

O coronel Enoque de Azevedo Tavares Júnior, com experiência em explosivos, cadeias, porões militares e colônias correcionais, veio da Ilha das Pedras, Vitória do Espírito Santo, para substituir o capitão Lair Matias. Baixo, sem pescoço e de botas engraxadas, ele esteve na biblioteca: espiou os livros com indiferença estúpida: manteve os braços cruzados sob o cangote. Eu, sem me atrever a sustentar por mais tempo a observação acima das botas engraxadas, de brilho sinistro e torpe, senti um cheiro de melancia podre.

Com pás e picaretas, partimos de madrugada para a colina do cemitério: os presos de bom comportamento abriram as covas e os outros foram sepultados. O silêncio de Crente superou qualquer de seus sermões. Agora, banho de sol, apenas uma hora de manhã e uma hora de tarde, no pátio. Em duas semanas, e tudo teria ficado pronto antes se não fosse a chuva, sob chibata psicológica e não tanto na mira das metralhadoras, mas do ódio e da desconfiança dos soldados, os prisioneiros consertaram os estragos do quartel e caiaram as muralhas.

Estamos reduzidos a uma centena. Isto não deve ser interpretado como queixa. Estudantes de medicina estagiam na enfermaria. Não preciso deles. Após a liberação, lendo os recortes datados por Ana Maria Balarim Cotrim, não reajo ao ser informado de que "o episódio da Ilha dos Sinos, pelo que poderia ter provocado, acabou não se revestindo de intensa gravidade. A não ser pela morte dum sociólogo que, com a ineficácia de seu lirismo, rompendo os limites teóricos de sua ideologia, assumiu o perigo duma aventura política fora dos livros, e suportou a traição das consequências".

Fevereiro, 23. Crente me aconselhou a rezar. Só os céticos merecem a oração, ele insistiu. Ou você pensa que Deus aprecia a onisciência dos ignorantes, a onipotência dos crédulos, a onipresença dos insignificantes? Quem, a não ser o apóstata, busca a esperança e a redenção no rastro sujo do absurdo e do grotesco? Rezar, José Lourenço Schopenhauer, é dividir com Deus uma culpa e uma dúvida. Você se julga desprovido de ambas?

Por isso estou jogado contra os ladrilhos da cela. Não sei há quanto tempo este chão me ampara. Eu rezo. Eu converso com Deus. Conversar com Deus é a melhor maneira de falar sozinho.

O GALPÃO DO OROZIMBO

O sargento Borba comprimiu-se num desvão da parede para Maria Sapoti desfilar de ombros nus e alças roxas, e desaparecer no corredor dos artistas. Com licença. Suando no bigode, o sargento chupava balas de coco, ávido e sedutor. Estava à paisana e com um *B* de metal amarelo na fivela do cinturão. As poltronas e as cadeiras não são numeradas, pelo que dona Clotilde pegou Jacira pelo cotovelo. Cuidado com a bolsa. As muletas canadenses de Tadeu luziam sob a marquise. Com a ansiedade indefesa dos aleijados, ele buscava Ismênia, irmã da estreante Sapoti. Achou-a na multidão, e num relance perdeu-a quando ainda durava o olhar canino.

Isto foi uma oficina mecânica, você acredita? Nem bem o magno Orozimbo cerrou as pupilas para carburadores e pontas de eixo, imagine, os filhos doaram as ferramentas para a Cruz Verde e formaram uma banda de rock. O vozerio do Galpão rolava pelos telhados da Vila Dalila.

Pedrinho da Cantareira parou o Opala na guia rebaixada do Orozimbo, na esquina, saiu com discreto orgulho (nada de rompantes fora de hora), deu a volta por trás do carro, e comovidamente, diante do povo que cercava as bilheterias, puxou a maçaneta para Ziri do Itaim.

Que homem, proclamou dona Clotilde, e reteve no céu da boca a rapadura de amendoim e saliva. Negro, alto e de rosa vermelha na botoeira, ele saudou a turba com um gesto preciso e o sorriso vago: todos viram no ar a mão fechada do cantor. Na vida secular, cobrador de ônibus e nada mais que Zulmiro Batista. Porém, erguendo o punho e a voz na noite delirante, de jaquetão cinza-chumbo e colete branco, era Ziri. Por favor, deixem passar Ziri do Itaim. Um surdo o anunciou, e ele, vendo Jacira, recordou Conrado:

> *Siga no meu trilho:*
> *tesão não é desdouro*
> *com anca de tombadilho*
> *e peito de ancoradouro.*

Perto dali, no Kioko's da Rua Caquito, Aldo Fiori e Corvo II acompanhavam Benevides no chope escuro. Serviam-se compungidamente de anchovas e erguiam canecões de vidro grosso. Uma treliça de pinho iso-lava-os do restaurante. Certa melancolia diferenciava Januário Benevides dos demais. Ele confessou:

— A criminalidade me faz falta.

— A todos nós — solidarizou-se Corvo II.

Sem nenhuma razão científica, peritos da polícia, pelo menos os mais íntimos, teimavam em enxergar bolsas escrotais nas olheiras de Benevides. Ele não respondia nada. Acima das lentes amareladas e com as ranhuras do uso, ele, macilento e arguto, adiava ironicamente a velhice.

Via-se na vidraça do Kioko's a sombra encolhida e adunca de Corvo II. Ele desenvolvera a habilidade de aparar as unhas à gilete e a isso se dedicava com virtuosismo, enquanto mastigava devagar e com a boca ligeiramente aberta. Aldo Fiori decidiu que não resistiria a tanto até o fim da rodada. Benevides não se conformava com a perda do controle da truculência no país: ele seria sempre contra a violência espontânea e anônima.

— Trinta mortos — suspirou.

— Podendo chegar a trinta e um — interrompeu-se o pequeno tira. Ocultou a gilete dentro do título de eleitor e este numa carteira preta.

Disse Fiori:

— Então, Benevides. Você deixa a polícia?

— Deixo. Se o crime não compensa, muito menos a sua investigação. Troco a polícia pela política partidária. Agora serei inocente por lei e não mais por minha astúcia pessoal. A lei é a astúcia do grupo, meus filhos.

Corvo II não limpava na boca a espuma do chope.

— Eu visitei o cabo Luciano na gaveta do IML — riu e temperou o miolo do pão no óleo das anchovas. — Ele estava ótimo. Ele estava morto.

Ainda que sob a toalha xadrez, Aldo Fiori esfregou a

braguilha suntuosamente. Disse Benevides:

— Alguns meses antes da transferência dos presos para a penitenciária do capitão Matias, eu me avistei com o cabo PM Luciano na cadeia, e o encarreguei duma importante missão. Ele morreu em serviço e merece as nossas homenagens.

— Que missão? — sobressaltou-se Corvo II.

Aldo Fiori trocou os botões da calça pelo canecão de vidro grosso. Benevides uniu as mãos imensas.

— Não sei — confidenciou. — Mas eu alertei o cabo para a relevância da missão. Na verdade, foi um estratagema que brotou no meu lodo encefálico para que o bravo militar não se sentisse logo derrotado. Eu não queria que ele se acabasse rapidamente.

Morteiros estouraram pelos céus da Penha e da Vila Dalila: todos compreenderam o aviso: acabava de chegar a maconha de Toninho Dedão. Fiori pediu mais chope. Inclinando a testa, Benevides vincou-a profusamente, e espichou a perna esquerda por baixo da mesa: esqueceu a mão no joelho: dava a impressão de sofrer. Disse:

— Eu gostaria que ele fosse descobrindo aos poucos a inexistência da missão. Para começar, os ócios do presídio facilitariam a dúvida: o tempo a converteria em cólera: as falsas esperanças iriam enlouquecendo o belo traidor. Deus precipita uma criatura no inferno e a aniquila duma só vez. Mas a crueldade justa requer vagares. Nesse caso, o homem só destrói o semelhante demoradamente. Eu queria isso para o cabo PM Luciano Augusto de Camargo Mendes. Mas ele morreu. Sinto muito.

Já riam, e continuaram rindo quando trouxeram o chope e umas cebolas curtidas. Corvo II:

— Somos amigos, Benevides?

— Corvinho... — o escrivão recuou a face e banhou-a em sombra.

Fiori:

— Por um momento pensei que Luciano tivesse alguma coisa a ver com o assassinato de Luís Guilherme.

— Luís Guilherme? — Benevides abandonou em cima da toalha o cachimbo e uma lata de tabaco Dunhill. — Que Luís Guilherme?

Gilmar, balconista do Eduardo's e boy do Evans, arrumou um lugar atrás de Jacira. Dona Clotilde remexeu-se gordamente na poltrona, um alarido de estalos e pulseiras. Cuidado com a bolsa. As luzes do Galpão do Orozimbo se apagaram.

Não muito longe, na porta da igreja velha da Penha, arrastando as sandálias e olhando a noite nas árvores do largo, uma negra rolou da escadaria e espalhou no chão os seus haveres: cabiam num saco de estopa: quebrou-se a garrafa com um resto da água do Rio Jordão.

Todos se levantaram para aplaudir Maria Sapoti. Chorando com entusiasmo, Ismênia aceitou de Tadeu um lenço limpo e um afago de antebraço. Ela parece a

Angela, concorda comigo?

De joelhos no palco, e ainda agarrada às pernas de Ziri, Maria Sapoti esperou que se restabelecesse o silêncio cênico. Depois, retardando o andamento, alçou o canto sem os violões:

Que tem você, parda Maria?
O desamor de meu soldado.
Tanto segredo, tanto cuidado,
a calmaria do degredo,
e ele tarda. Me fere vê-lo.
Me cresce o pelo. E ele tarda.
Que tem você, Sapoti parda?
O desamor de meu soldado.

De costas um para o outro, afastaram-se. O iluminador reteve-os numa luz neutra. Maria Sapoti, enquanto o samba respirava fundo, disputou com o holofote o abraço e o suor de Ziri do Itaim. Ele cantava para o Galpão do Orozimbo:

Vou acender uma vela
não sei se por ela ou por mim

Surgindo duma travessa da Rua João Ribeiro, na Penha, com esterco de cavalo no coturno e na capa de gabardine, um bêbado empertigado parou na esquina da igreja velha, atrás do colégio. Atendia por *major* e fixava aos gritos a esmola que o seu merecimento exigia. A lâmpada do poste mostrou-o arroxeado e senil. A seus pés, a negra se confundia com trapos amontoados, mas de sua mão escapavam para a calçada um terço e um toco de vela. Tinham quebrado uma garrafa, e o major farejou a noite. Capengou sobre os cacos. Mas inesperadamente, com um brio antigo, recordado ali diante da negra, ele suspendeu o punho e exaltou-se:

— Firme.

O poste o escorou.

ESTE LIVRO FAZ PARTE DA TRILOGIA

O MOTIM NA ILHA DOS SINOS

OUTRAS OBRAS DO AUTOR

Este livro foi composto em Lora Regular e Robotto
e impressa em papel Pólen 90 g/m²
para C Design Digital em Abril de 2024